김정자 제2수필집

물에 대하여

국립중앙도서관 출판시도서목록(CIP)

물에 대하여 : 김정자 제2수필집 / 지은이: 김정자. – 서울 : 지구문학, 2017
p. ; cm

ISBN 978-89-89240-39-6 03810 : ₩12000

한국 현대 수필[韓國現代隨筆]

814.7-KDC6
895.745-DDC23 CIP2017005647

김정자 제2수필집

물에 대하여

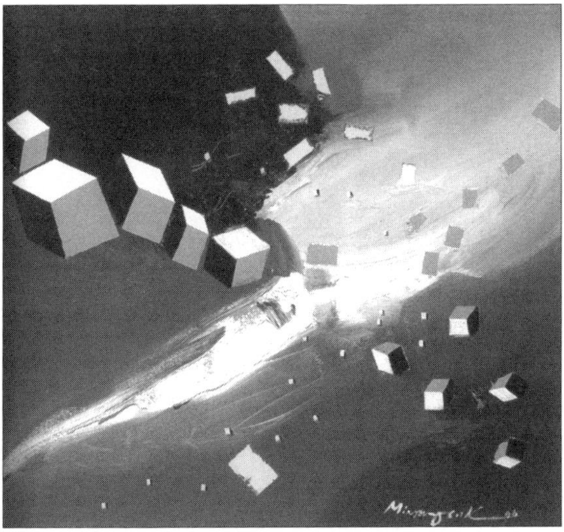

지구문학

두 번째 수필집을 내면서

한 걸음 두 걸음 내딛는 것이
어찌 익숙하지 않고 두렵고 조심스러웠습니다.

화롯불에 밤을 구울 때
때로는 타기도 하고 설기도 했습니다.

탄 것도 설은 것도
소중한 한 톨의 밤이기에
가슴으로 품으며 살았습니다.

두 번째 수필집을 낼 수 있게 도와주신
하나님께 감사드리며
버팀목이 되어 준 사랑하는 가족에게
고마움을 전합니다.

2017년 3월

김 정 자

김정자 제2수필집《물에 대하여》에 붙여

金始原
수필가 · 한국문인협회 자문위원

사람은 멋이 있어야 한다.

高價의 名品으로 치장하는 외형의 멋이 아니라, 인생의 의미와 가치성을 깨우치는 인간 내면의 멋이 있어야 한다.

특히, 여자의 멋은 외모로 판단하기 쉽다.

그러나 여자는 나이 들수록 가슴으로 바라보고 가슴으로 생각하는 멋이 있어야 하지 않을까 싶다.

여기, 8순을 바라보는 김정자 수필가는 한 남자의 아내로서, 4남매의 어머니로서 본분을 다 하고 그동안 살아온 삶을 소중히 간직하고자 隨筆集으로 남겼다.

얼마나 멋스러운가! 얼마나 보람 있는가!

人生에서 한 번 오고 영원히 다시 오지 않는 것이 시간, 말, 기회라고 했다.

여기에 김정자 수필가는 그 시간을 소중히 여기고 인간 내면의 멋을 가꾸어왔다.

'그 얼마 만에 아들이 입던 옷이 소포로 도착했다. 나는 옷을 보는 순간 눈물이 왈칵 쏟아졌다. 그리고 세탁기 위에 올려놓고 한 달을 빨지 못했다. 내 아들의 체취가 묻어 있는 옷을 차마 빨 수가 없었다.'

- 〈큰아들 입대하고 나서〉에서

잔잔한 감동과 온기가 온몸에 스민다.

흔히 여자는 노년기에 이르면 후회하고 고독을 노래한다고 했다.

그러나 김정자 수필가는 노을 앞에서 후회하지 않고 고독을 노래하지 않았다. 결코 세월을 허송하지 않았다.

그녀의 인생관이 시집과 수필집을 내는 값진 멋을 창출했기 때문이다.

노을은 여명보다 아름답다고 했다.

매화향기 그윽한 이 계절에 그녀에게 한 아름 꽃다발을 안겨주고 싶다.

1부

2부

3부

4부

5부

6부

1부

⋮

물에 대하여
연필에 얽힌 추억
백과사전을 보며
검은 도시
추억의 소야곡
덕불고 필유린

⋮

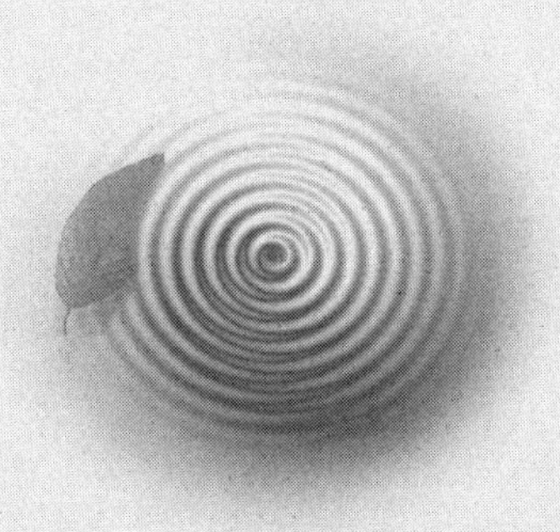

물에 대하여

오래 전의 일이다. 시골 가는 버스에서 어떤 어린 아이가 자지러지게 울고 있었다. 그 엄마가 달래도 안 되고 그 아이는 땀을 뻘뻘 흘리면서 울었다. 사람들이 아이 좀 달래라고 하자 그 엄마가 울상이 되어서 아이가 목이 말라서 그런다고 했다. 그 때, 나는 귀가 번쩍했다. 내게 물이 있었기 때문이다. 나는 왜 물을 병에 담아가지고 갔는지는 생각이 나질 않지만, 마침 내가 그 말을 듣고 아이에게 물을 주었다. 아이가 물을 마시고는 울음을 딱 그치는 게 아닌가….

물에 대하여

나는 지금 물을 마시면서 생각한다.

물이 없으면 어떨까? 한 끼 밥은 굶어도 목마름은 참을 수가 없고 탈수가 되면 우리는 쓰러지고 만다.

내가 어렸을 때는 우물물을 길어다가 먹었다. 세수하고 난 물은 밭에다 뿌리고 빨래는 개울에 가서 하면서 물을 귀하게 여기며 살아왔다. 수돗물이 없던 시절이라 항아리에 물을 많이 받아 놓고 아끼며 살았다.

세월이 많이 흘러서 지금은 수돗물을 먹고 쓰고 산다.

그런데 언제인가, 앞으로 물도 사 먹는 시대가 온다고 했을 때, 물을 어떻게 사 먹느냐고 말한 지가 불과 얼마 안 되는데 우리는 지금 물을 사 먹고 있다. 수돗물을 끓여 먹지만 때로는 편하게 물을 배달해서 먹고 슈퍼나 가게에서 페트병에 든 물을 사 먹고 있다. 아무렇지도 않게 물 사 먹는 것을 당연하게 생각하고 사는 세상이다.

TV 뉴스에 보면 아프리카에 물이 부족하여 오염된 웅덩이 물을 먹고 사람들이 죽고, 병에 걸려 고생하며 사는 것을 보며, 우리나라 사람들이 따뜻한 마음으로 그쪽에 우물을 파서 좋은 물을 먹을 수 있도록 하는 것을 보았다. 우리나라도 물 부족국가라고 한다.

오래 전의 일이다.

시골 가는 버스에서 어떤 어린 아이가 자지러지게 울고 있었다. 그 엄마가 달래도 안 되고 그 아이는 땀을 뻘뻘 흘리면서 울었다. 사람들이 아이 좀 달래라고 하자 그 엄마가 울상이 되어서 아이가 목이 말라서 그런다고 했다.

그 때, 나는 귀가 번쩍했다. 내게 물이 있었기 때문이다. 나는 왜 물을 병에 담아가지고 갔는지는 생각이 나질 않지만, 마침 내가 그 말을 듣고 아이에게 물을 주었다. 아이가 물을 마시고는 울음을 딱 그치는 게 아닌가…. 말도 못하는 어린 아이가 목이 말라서 땀을 뻘뻘 흘리며 울던 모습이 생각난다. 나는 지금도 어디를 가든지 가방 속에 꼭 물을 가지고 다닌다.

물의 소중함이 이럴진대 얼마 전에 목욕탕에서의 일이다. 옆에서 젊은 여자가 수돗물을 열어 놓고 이것저것을 하며 물이 철철 넘치길래 물 좀 잠그라고 했더니 그 젊은 여자가 "지금 쓰고 있지 않느냐, 나도 엄연히 돈을 내고 들어왔다" 고 기세가 당당했다. 나이든 사람이 젊은 사람과 싸우기 싫어서 그만 두었다.

이 지구상에 물이 없으면 모든 생명체가 죽을 수밖에 없다. 우리 인체도 80퍼센트가 물이라고 한다.

뿐만 아니라 우리는 물에 대하여 소중함을 알아야 한다.

첫째 우리가 잠자리에서 일어나자마자 물 2잔 마시면 몸 전체의 기관들이 깨어나는 데 도움이 되고, 둘째 식사 30분 전에 물 1잔 마시면 소화 촉진에 도움이 된다고 한다. 셋째 목욕 전에 물 1잔 마시면 혈압을 내려주고, 넷째 잠자리 들기 전에 물 1잔은 뇌졸중과 심장마비, 다리 경련 방지에 도움이 된다고 하니 물이 얼마나 소중한가를 우리는 꼭 알아야 한다.

내가 젊었을 때, 강원도에서 겨울에 몹시 가물어 물이 귀해서 군부대로 물지게 지고 5리나 되는 곳으로 가서 물을 길어 나르던 일도 있었다.

그럼에도 불구하고 나는 항상 물을 마실 때마다 물에 대한 고마움을 잊곤 한다.

연필에 얽힌 추억

좋은 연필은 그림의 떡이었다. 사주고 싶어도 사줄 수 없는 부모님들의 마음이 얼마나 짠하였겠는가? 목구멍에 풀칠하기도 어려운 때이니 학교 공부는 뒷전이었다. 몽당연필을 모아서 깍지 끼워서 썼다. 질이 나쁜 연필은 왜 그렇게 잘 부러졌는지? 그리고 글씨가 희미해서 침을 발라 진하게 쓰려는 마음에 한 자 쓰고 침 바르고 또 한 자 쓰고 침 발라가면서 쓰곤 하였다. 그 뿐인가. 연필을 깎아서 그냥 필통에 넣으면 부러지기 일쑤였다. 그래서 부러지지 않도록 필통 속에 솜을 깔아 넣기도 하였다.

연필에 얽힌 추억

일제강점기시대, 내가 어렸을 때는 연필로 글씨를 쓰고 그림을 그렸다. 잘못 썼거나 잘못 그렸을 때는 지우개로 지우면서 쓰고 지우기를 반복했다.

해방 후, 우리나라 살림은 어느 집이나 몹시 어려웠다. 굶는 사람이 많았다. 특히 음력 3,4월 긴긴 해 보릿고개를 넘기기가 어려웠다. 그래서 논두렁이나 밭두렁 혹은 들에서 자란 냉이 쑥을 캐어다가 나물로 끼니를 때웠다. 그런가 하면 때때로 부황이 난 얼굴로 살았다.

또 그 때는 학교 가는 것도 의무교육이 아니었다. 집에서 동생들을 돌보고 남의 집살이를 하면서 근근이 목숨을 이어갔다.

어쩌다 학교 다니는 아이들이 있다 해도 제대로 학용품을 갖추고 다닐 수가 없었다. 가방이 없어서 책을 보자기에 싸서 남자는 어깨에 메고, 여자는 허리에 차고 다녔다.

그런 시절에 요즘같이 좋은 공책이나 좋은 연필은 그림의 떡이었다. 사주고 싶어도 사줄 수 없는 부모님들의 마음이 얼마나 짠하였겠는가? 목구멍에 풀칠하기도 어려운 때이니 학교 공부는 뒷전이었다.

몽당연필을 모아서 깍지 끼워서 썼다. 질이 나쁜 연필은 왜 그렇게 잘 부러졌는지? 그리고 글씨가 희미해서 침을 발라 진하게 쓰려는 마음에 한 자 쓰고 침 바르고 또 한 자 쓰고 침 발라가면서 쓰곤 하였다. 그뿐인가. 연필을 깎아서 그냥 필통에 넣으면 부러지기 일쑤였다. 그래서 부러지지 않도록 필통 속에 솜을 깔아 넣기도 하였다.

한때 내가 살던 서산에 조흥은행이 있었다. 그 옆에 문태영이라는 중국 사람이 만물상을 차렸다. 문방구가 없던 시절이라 그 만물상에서 학용품을 팔았다. 학용품 중에도 잠자리가 그려진 노란색 돔보연필은 지우개가 달려 있었는데, 학생들이 무척 갖고 싶어 했다.

나는 행복하게도 아버지께서 서울 갔다 오실 때 사다 주신 그 잠자리표 돔보연필이 있어서 내 학용품 재산 목록 1호였다. 돔보연필을 깎아서 키대로 필통에 넣고 다니면 어깨가 으쓱거렸다.

6학년 때, 내 짝 장학자가 있었다. 내 짝 장학자는 공부시간에 연필의 질이 나빠서 자꾸 부러지는 바람에 글씨를 쓸 수가 없었다. 딱해서 내가 연필을 빌려주었더니 그 친구가 미안했던지 "내일 감 2개, 고구마 3개해서 다섯 개 갖다 줄게"라고 했다. 그러나 내 친구 학자는 집

형편이 워낙 어려워서 약속을 지킬 수가 없었다. 내가 "너 그거 가지고 왔어?" 하면, "내일 다섯 개 보태서 갖다 줄게" 한 것이 100개도 더 되었지만 한 번도 갖다 준 적 없이 졸업을 하고 말았다.

생각해 보면 내 짝 장학자는 60년이 넘도록 내게 빚진 죄인으로 산 셈이다. 내 친구 학자는 지금 어디서 살고 있는지 보고 싶다. 나같이 허연 할머니로 살면서 그 때를 기억하고 있는지…?

그 시절에 연필 지우개 공책은 귀하고 귀했지만 지금은 학교 앞에 문방구가 있어서 필요한 학용품은 언제든지 살 수가 있다. 옛날에는 문방구란 말도 들어보지 못하고 다만 시장 지물포에 가서 모든 학용품을 샀었다.

인생살이도 연필로 쓰듯 산다면 참 좋겠다. 잘못 살아온 인생을 지우개로 지울 수 있다면 얼마나 좋을까? 또 잘못 살아온 인생을 반추하면서 다시금 어긋나지 않는 삶을 산다면 또 얼마나 좋을까? 그러나 인생살이는 연습이 없다고 하지 않는가?

잠시 연필에 얽힌 추억에 젖어보는 하루였다.

백과사전을 보며

나는 토요일이나 일요일, 학교에 안 가는 날은 그곳에서 아르바이트를 했다. 거기서 모은 돈과 점심 값을 아껴서 모은 돈으로 그 백과사전을 샀다. 백과사전은 모두 6권으로 되어 있었다. 나는 한 권씩 사서 모은 것이 4권이 되던 해에 졸업을 했다. 나머지 2권은 끝내 사지 못한 채 지금까지 살아왔다. 이사 다니면서 다른 책은 더러 흘리고 없어지고 했지만 백과사전만은 꼭꼭 챙겼다. 내가 대학교 다닐 때, 힘들게 마련한 책이므로 특별히 애정이 가서 이 나이가 되도록 가지고 다녔다.

백과사전을 보며

창 밖에선 비가 주룩주룩 많이도 내린다. 장맛비라고 해서 오늘은 120mm가 내린다고 한다. 어디는 호우경보, 어디는 호우주의보라 하며 해마다 여름이면 비가 많이 와서 많은 피해를 입곤 한다. 비가 안 와도 걱정, 비가 너무 와도 걱정이다.

책상 앞에 앉아서 책꽂이에 꽂아 놓은 책들을 보노라니 백과사전이 눈에 띄었다. 그 백과사전은 1958년에 내가 산 것이다. 정가定價를 보니 7,000환이다. 그 때는 화폐개혁 이전이어서 환으로 쓸 때이다. 짜장면 한 그릇에 100환 할 때이고, 조금 비싼 냄비국수는 150환 할 때이다.

점심을 거르면서 돈을 모았던 생각이 난다. 내가 하숙한 아저씨네 집은 큰 울타리가 둘러쳐져 있었고, 그 옆에 소독저 공장이 있었다. 아저씨 집안 형편도 어려운데 나까지 대학교 다닐 때 방 얻을 동안 잠시나마 신세를 지고 있었다.

그런데 옆집 소독저 공장에서 아르바이트를 했다. 소독저를 가져다가 종이로 된 길다란 봉지 속에 소독저를 끼워 넣는 작업이다. 한 장에 20개씩 끼워 넣는다. 20개씩 끼워 놓은 것을 100장 끼워 놓으면 50

환을 주었다.

나는 토요일이나 일요일, 학교에 안 가는 날은 그곳에서 아르바이트를 했다. 거기서 모은 돈과 점심 값을 아껴서 모은 돈으로 그 백과사전을 샀다.

백과사전은 모두 6권으로 되어 있었다. 나는 한 권씩 사서 모은 것이 4권이 되던 해에 졸업을 했다. 나머지 2권은 끝내 사지 못한 채 지금까지 살아왔다. 이사 다니면서 다른 책은 더러 흘리고 없어지고 했지만 백과사전만은 꼭꼭 챙겼다.

내가 대학교 다닐 때, 힘들게 마련한 책이므로 특별히 애정이 가서 이 나이가 되도록 가지고 다녔다. 공부할 때 국어사전과 영한사전이 있어야 하고, 모든 풀이를 찾으려면 백과사전이 있어야 했다.

지금은 인터넷이나 스마트 폰이 있어서 궁금한 것이 있으면 무엇이든지 금방 찾을 수 있는 세상이지만 내가 학생이던 1950년대에는 그 사전이 있어야 했다. 그 백과사전이 요즘엔 내게 별로 필요가 없지만, 내 책꽂이에 당당하게 자리를 차지하고 있다. 그 백과사전을 보면 대학교 다닐 때의 추억이 파노라마처럼 스치고 지나간다.

젊은 사람은 희망을 먹고 살고, 나이 든 사람은 추억을 먹고 산다고들 한다. 비록 여섯 권을 다 채우지 못하고 네 권만 있는 사전이지만 내가 소중하게 여기고 공부했던 책이기에 지금도 나에겐 귀하고 귀하다.

그리고 골동품 서점에서나 볼 수 있을 만큼 빛바랜 사전이지만 앞으로도 내 책꽂이에 영원히 자리매김할 것이며, 나의 재산목록 1호로 잘 간수할 것이다.

검은 도시

태백 장성은 연탄이 흔한 곳이라 아끼지 않고 장작 때듯 하면서 따뜻하게 지냈다. 다 타면 또 갈아 넣고를 계속하면서 밤 내내 잠을 설쳤다. 공기통이 있는 것도 아니고, 불 때는 아궁이처럼 그런 구조였다. 남편 없이 김장도 혼자서 하고, 세 살 난 딸이랑 있는데 마침 시누이가 와서 남편 자리를 메꾸고 서로 의지하며 3개월을 살았다. 남편이 3개월의 유격교육을 마치고 돌아오자마자 또 1개월을 원주 교육담당관으로 갔다. 시베리아 벌판 같은 설한풍 속에 나 혼자 집에 있으니 감옥 아닌 감옥생활이었다.

검은 도시

한 때 남편 직장 따라 강원도 태백 장성에서 살았다. 그곳은 석탄을 캐는 탄광 광부의 도시다.

태백은 우리나라에서 가장 많은 석탄을 가진 지역이다.

태백은 시내 자체가 검다. 강물도 검고, 사람도 검고, 차도 검고, 모두 검다.

석탄이 강으로 흘러가서 아이들이 학교에서 미술시간에 시냇물을 그릴 때 물을 까맣게 그린다고 한다. 또 거리에서 광부들을 보면 눈만 유일하게 빤짝빤짝 빛나는 것을 볼 수 있다.

광부들이 하는 일은 고되고 위험하다. 매몰의 위험, 분진 폭발, 진폐증 등 지극히 위험하다. 특히 진폐증은 탄가루가 폐에 들어가 쌓여 폐를 굳게 하는 병으로 치료가 불가능하다고 한다.

그럼에도 불구하고 요즘에도 그 위험하고 험한 일을 하는 광부들이 있으며, 그들의 고통과 희생으로 인하여 우리들은 겨울을 따뜻하게 보낼 수 있어서 참으로 감사해야 할 일이다.

나는 임신한 몸으로 산 설고 물 선 그곳 장성으로 어린 딸 하나 데리고 가자마자 한 달도 안 되어 남편이 전라도 광주로 유격교육을 갔다. 연탄가스도 무섭고 아무도 없는 장성에 나 혼자 두고 가는 남편이 얼마나 불안했으면 방문에 붙은 유리를 빼 놓았겠는가. 차라리 감기 드는 것이 낫다고 하면서…….

연탄이 흔한 곳이라 아끼지 않고 장작 때듯 하면서 따뜻하게 지냈다. 다 타면 또 갈아 넣고를 계속하면서 밤 내내 잠을 설쳤다. 공기통이 있는 것도 아니고, 불 때는 아궁이처럼 그런 구조였다. 남편 없이 김장도 혼자서 하고, 세 살 난 딸이랑 있는데 마침 시누이가 와서 남편 자리를 메꾸고 서로 의지하며 3개월을 살았다. 남편이 3개월의 유격교육을 마치고 돌아오자마자 또 1개월을 원주 교육담당관으로 갔다.

시베리아 벌판 같은 설한풍 속에 나 혼자 집에 있으니 감옥 아닌 감옥생활이었다. 마치 유배된 그 곳에서 아무 생각도 없이 그 때 내가 무슨 생각을 하고 살았는지 지금도 모르겠다.

6개월 후, 남편은 춘천으로 발령이 났다. 나는 만삭이 된 몸으로 춘천에 있는 우리 집으로 가려고 기차를 탔는데, 원주에서 산기産氣가 있어서 중간에 내렸다. 근처 여관으로 갔지만 다행히 별일 없이 잠시 쉬었다가 가까스로 집으로 와서 일주일 후에 우리 큰 아들을 낳았다.

그러고 보니 우리 두 부부는 충청도가 고향인데 신혼부터 남편 따라 강원도에서 많이 살다 보니 아이들은 다 강원도 춘천 태생이다. 큰딸 큰아들은 춘천에서 초등학교 다니다가 인천으로 전학을 하기도 했다. 내가 그렇게 살게 될지 누가 알았겠는가?

사람은 한 치 앞도 내다보지 못하고 사는 것 같다. 또 내 마음대로 되는 것도 없다. 나는 지금까지 살면서 그날그날 충실하고 모든 것을 내려놓고 살았다.

앞으로도 오늘에 충실하며 살아있음에 감사하며 살아야겠다고 다짐해 본다.

추억의 소야곡

여름에는 우리 밭에 웅덩이를 크게 파고 돌을 쌓아 큰 쇠로 만든 사각형 솥을 걸어 놓고 동네 집집마다 농사지은 삼(대마)을 한 데 모아서 솥에 넣고 쪄서 껍질을 벗겼다. 이 날은 동네가 잔치 분위기다. 벗긴 삼을 빨랫줄에 널어 말려서 길쌈하는 집에 위탁을 해서 옷을 해 입었다.
그 베는 석새베 넉새베 닷새베 이렇게 등급을 먹였다. 석새베는 석새삼베를 말하는데 이 석새삼베는 240올의 날실로 짠 굵은베를 말한다. 그리고 우리 집에는 모시도 심었다. 일 년에 네 번 잎을 딴다. 손으로 꺾어서 속을 빼내고 대나무로 만든 칼로 껍질을 벗겨 빨랫줄에 말려서 모시 짜는 사람한테 위탁을 한다고 했다.

추억의 소야곡

황금빛을 띤 들녘이 눈부시다. 가을 햇볕을 흠뻑 받아 곡식들이 날로 알차게 여물어가고 있다. 낮에는 뜨겁고 저녁에는 서늘한 것이 분명 가을의 날씨다.

내가 어렸을 때다. 충남 석남리에 우리 논이 있었는데 김낙봉 아저씨가 관리를 했다. 벼 베는 날이 오면 나는 할머니랑 인력거를 불러 타고 논에 갔다. 논두렁에 의자를 놓고 할머니랑 나란히 앉아서 양산을 드리웠다. 할머니 양산은 흰색에 체크무늬가 있고, 내 양산은 색색으로 된 작은 양산이다. 그 시절에 우리 집에 양산이 있는 것을 보면 그런대로 부유한 집안인 것 같다.

김낙봉 아저씨는 벼를 베어 한 단 한 단씩 묶어서 열 단을 모아놓고 할머니에게 고했다. "열 단이요" 하고 외치면, 할머니는 벼이삭을 하나 뽑았다. 이어서 "스무 단이요" 하면 벼이삭을 또 한 개 뽑았다. 이렇게 해서 벼이삭을 모으다 보면, 논에는 벼가 다 베어져서 없게 된다.

할머니는 그 벼이삭 모은 것을 집으로 가져와서 벽에 걸어 놓는다. 왜냐 하면 그것을 가지고 벼가 몇 가마가 나는지 셈을 하기 때문이다.

나는 그때 어려서 그 뜻을 잘 몰랐지만 어른이 되어서 생각하니 옛날 어른들도 나름대로 계산하는 법을 다 터득하고 있었다는 것을 알았다.

또 여름에는 우리 밭에 웅덩이를 크게 파고 돌을 쌓아 큰 쇠로 만든 사각형 솥을 걸어 놓고 동네 집집마다 농사지은 삼(대마)을 한 데 모아서 솥에 넣고 쪄서 껍질을 벗겼다. 이 날은 동네가 잔치 분위기다. 벗긴 삼을 빨랫줄에 널어 말려서 길쌈하는 집에 위탁을 해서 옷을 해 입었다.

그 베는 석새베 넉새베 닷새베 이렇게 등급을 먹였다. 석새베는 석새삼베를 말하는데 이 석새삼베는 240올의 날실로 짠 굵은베를 말한다. 그리고 우리 집에는 모시도 심었다. 일 년에 네 번 잎을 딴다. 손으로 꺾어서 속을 빼내고 대나무로 만든 칼로 껍질을 벗겨 빨랫줄에 말려서 모시 짜는 사람한테 위탁을 한다고 했다.

옛날에는 모시나 베가 여름옷으로 각광을 받았다. 그렇게 한 필 두 필 짜 오면 치마와 저고리도 해 입고, 속옷도 해서 입었다. 그 때는 속옷 파는 곳이 없어서 어머니가 재봉틀로 애써 만들어주신 속옷을 껄끄럽다고 안 입는다고 투정을 부렸던 생각도 난다.

지금 같으면 몸에 붙지 않아 무척이나 시원하게 잘 입으련만……, 그 때는 왜 그렇게 싫어했는지…….

21세기인 지금은 돈만 있으면 무엇이든지 살 수 있는 세상이다. 부드러운 속옷도 살 수 있고, 집집마다 자가용이다 냉장고다 세탁기다 에어컨이다 무엇이든지 살 수 있는 시대에 살고 있으니 얼마나 행복한가?

추운 겨울에 고무장갑도 없이 빨래하느라 손이 터져서 피가 나고, 그런 시절을 요즘 젊은이들은 상상도 못할 것이다. 요즘처럼 편리해진 세상에 살아도 힘들다고 여기저기서 아우성이다. 그런 옛날 옛적 이야기를 하면 호랑이 담배 먹던 시절 이야기라 말할 것이다.

우리는 그토록 어렵게 살면서도 인정은 많았다. 서로 돕고 살았다. 동네 누구네 형편이 어떤지 다 알고 살았다.

오늘은 문득 먼 옛날 이야기를 꺼내 보는 하루였다.

덕불고 필유린德不孤必有隣

그 가정은 멸문지환으로 할아버지 할머니 다 세상 떠나시고 집안이 풍비박산되었다. 그것을 보고 이웃 사람들이 말하기를 평소에 덕을 쌓아야 한다고 입을 모았다. 그 덕을 닦아야 하는 일이 일상생활에만 해당되는 것이 아니다. 전쟁터에서도 용장 지장 덕장이 있다. '용맹스러운 장수는 지혜로운 장수만 같지 못하고, 지혜로운 장수는 덕스런 장수만 같지 못하다.' 이렇듯 우리는 살면서 덕을 으뜸으로 생각하며 살아야 한다. 그리고 그 덕을 베풀기에 앞서 먼저 예의부터 갖추어야 하리라고 본다.

덕불고 필유린德不孤必有隣

덕불고 필유린德不孤必有隣!

(덕이 있는 자는 외롭지 않고, 반드시 따르는 이웃이 있다.)

남에게 덕을 베풀면 설사 자기 대代에 덕德을 보지 못했어도 자손 대에라도 꼭 덕을 본다는 옛말이 있다. 아무리 어려운 처지에 살아도 나보다 더 불우한 이웃이 있으면 밥 한 술이라도 베푸는 것이 사람의 도리道理이고 살아가는 정情이다. 목마른 사람에게 물 한 모금 건네 보았는가? 흐르는 물도 떠줘야 공功이 된다고 했다.

인색하고 못된 사람을 자린고비라고 말한다. 자린고비는 절약하고 아낀다는 의미가 아니고 꼭 써야 할 돈조차 쓰지 않는 구두쇠를 말한다. 내가 어렸을 때 우리 동네에 자린고비가 있었다. 아들 다섯, 딸 둘 7남매를 둔 다복한 가정이다.

위로 두 아들은 서울에 있는 선린상고를 졸업하여 큰아들은 우체국에 다니고, 둘째 아들은 조흥은행에 다녔다. 그렇게 유복한 생활에 그 시절에도 축음기가 있어서 엘리트 집안이라고 동네에 소문이 났다. 그러나 사람이 살다 보면 마가 든다고 했던가?

1년 동안에 그 두 아들이 죽었다. 두 아들이 죽으니 가세가 기울었다. 셋째 아들도 정신이 온전하지 못해서 직장을 그만 두고 집에서 이상한 짓을 하곤 하였다. 뿐만 아니다. 그 집 할머니는 동네 사람들과 안 싸운 집이 없이 싸움 대장이다. 우리 집과도 예외는 아니었다.

그 할머니 집 옆에 우리 밭이 있었다. 그런데 우리 밭이 차츰차츰 그 할머니 집 쪽으로 기울어져 갔다. 밭이 비뚤어진 채 보면서 이웃이니까 그냥 눈 감아 두었다. 그런데 얼마 후에 보니까 우리 밭이 그 집 밭으로 들어간 채로 그곳에 나무를 심어 놓았다. 그렇게 예의도 없고 양심이 없는 할머니다.

그뿐 아니다. 자기 집에 있는 그릇은 아껴두고 남의 광주리를 빌려 쓴다. 또 그 집 할아버지는 남의 돈 꾸어 쓰고 갚지 않으며 대서소를 해서 돈을 많이 벌었다. 그때는 은행이 없던 시절이라 저금할 곳이 없었는데 돈을 자루에 넣어서 장롱에 두었다고 철없는 그 집 막내딸이 이야기를 해서 동네에 소문이 났다.

그러나 돈이 있으면 무슨 소용이 있겠는가? 마음을 바로 써야 하리라고 본다. 넷째 아들도 다섯째 아들도 정신이 온전치 못하고 딸들도 시집을 갔지만 잘 살지 못한 것 같다. 그 가정은 멸문지환滅門之患으로 할아버지 할머니 다 세상 떠나시고 집안이 풍비박산되었다. 그것을 보고 이웃 사람들이 말하기를 평소에 덕을 쌓아야 한다고 입을 모았다. 그 덕을 닦아야 하는 일이 일상생활에만 해당되는 것이 아니다.

전쟁터에서도 용장勇將 지장智將 덕장德將이 있다.

'용맹스러운 장수는 지혜로운 장수만 같지 못하고, 지혜로운 장수는 덕스런 장수만 같지 못하다.' 이렇듯 우리는 살면서 덕을 으뜸으로 생각하며 살아야 한다. 그리고 그 덕을 베풀기에 앞서 먼저 예의부터 갖추어야 하리라고 본다.

지금은 과학이 발달하고 좋은 세상에 살고 있지만 앞집에 누가 사는지 모르는 채 사는 세상이다. 동네 길에서, 혹은 아파트 엘리베이터 앞에서 이웃을 만나면 서로 눈인사라도 해야 하지 않을까 싶다.

아이들에게도 어른을 보면 모르는 분이라도 '안녕하세요' 인사하는 법을 가르친다면 얼마나 따뜻한 이웃이 될까? 어쩌다가 인사 잘 하는 학생을 보면 사랑스럽기까지 하다. 그래서 나도 손자들에게 어르신을 만나면 모르는 분이라도 꼭 인사하라고 가르친다. 그리고 나도 목마른 사람에게 물 한 모금 나누어 주는 삶을 살려고 노력하고 있다.

2부

⋮

감나무와 능금나무

단옷날의 단상

지네와 생밤

제주도에 가다

삼일절을 맞으며

추모관에 대하여

⋮

감나무와 능금나무

아침 일찍 일어나지 않으면 동네 아이들이 먼저 들어와서 감꽃을 다 주워가곤 하였다. 설익은 감을 주워서 장독대 위에 올려놓고 익는 대로 하나씩 먹었던 기억도 난다. 또 늦가을에 궤짝에다 짚을 깔고 감을 앉혀서 홍시로 만들어서 먹었고, 특히 겨울에 홍시가 다 된 감은 살짝 얼었을 때 불을 담은 화로에 올려놓았다가 먹으면 그 맛이 참 좋았던 기억이 난다. 대밭에 있는 능금나무는 배, 감, 자두처럼 우리나라 고유의 옛 과일로서 사과보다 작고 신맛이 강하다. 물기가 많지만 칙칙한 대나무 속에 있어서 좀처럼 익지 않는다.

감나무와 능금나무

어렸을 때, 우리 집 뒷산 대밭에는 감나무와 능금나무가 있었다. 정원에도 앵두나무, 석류나무 외에 여러 종류의 과일나무와 꽃나무가 있어서 때가 되면 꽃이 피고 과일이 풍성했다.

그것은 우리 아버지께서 일본 유학시절에 나무 가꾸기와 정원 꾸미기에 대하여 관심이 많았던 이유다.

아버지께서는 옛날에 우리 집 정원을 아름답게 꾸미기 위해서 논한 섬지기에 해당하는 돈을 들였다고 했다. 그 바람에 옛날 예식장이 없던 시절 우리 집에서 결혼식을 올렸다. 예식뿐만 아니라 사진관도 없었던 때라 동네 사람들이 대부분 자기 집 대청이나 마루에서 혼례를 올리고 난 후 우리 집에 와서 사진을 찍었다. 그런가 하면 아예 우리 집을 하루 빌려서 혼례를 올리고 잔치를 하는 사람도 있었다.

나는 날마다 학교 갔다 오면 뒤뜰에 있는 감나무에 올라가서 벌레 먹은 붉은 감을 따 먹곤 하였다. 교복도 입은 채로 감나무에 올라가면 멀리서 아버지가 보시고 떨어진다고 빨리 내려오라고 하셨던 기억이 엊그제같이 생생하다.

감꽃이 필 때가 되면 동네 아이들이 우리 집 울타리에 구멍을 내고 들어와서 떨어지는 감꽃을 주워서 목걸이도 만들고 팔찌도 만들고 했던 기억이 난다.

감꽃은 화려하지 않지만 워낙 작고 나뭇잎에 숨어서 남몰래 앙증맞게 피는 꽃이다. 때가 되어 감나무에 감이 주렁주렁 열리면 따다가 따뜻한 방 아랫목 항아리에 감을 넣고 떫은맛을 우려내어 주시던 어머니 생각도 난다. 어려웠던 시절이라 배가 고프고 간식거리도 없어서 그것으로 끼니를 때우기도 했다.

한편 아침 일찍 일어나지 않으면 동네 아이들이 먼저 들어와서 감꽃을 다 주워가곤 하였다. 설익은 감을 주워서 장독대 위에 올려놓고 익는 대로 하나씩 먹었던 기억도 난다. 또 늦가을에 궤짝에다 짚을 깔고 감을 앉혀서 홍시로 만들어서 먹었고, 특히 겨울에 홍시가 다 된 감은 살짝 얼었을 때 불을 담은 화로에 올려놓았다가 먹으면 그 맛이 참 좋았던 기억이 난다.

대밭에 있는 능금나무는 배, 감, 자두처럼 우리나라 고유의 옛 과일로서 사과보다 작고 신맛이 강하다. 물기가 많지만 칙칙한 대나무 속에 있어서 좀처럼 익지 않는다. 그래서 날마다 능금나무를 올려다보고 기다렸던 기억도 난다.

옛날 어르신들 말씀이 떠오른다. 여자가 임신 중에 입덧할 때, 먹고 싶은 거 특히 새콤한 것을 못 먹으면 짝짝이 눈을 가진 아이를 낳는다고 했다. 나도 첫아이 가졌을 때 철원 일선지방에서 탕수육이 먹고 싶었지만 먹지 못하고 첫 아들을 낳았다. 다행이 짝짝이 눈은 아니었다.

그리고 또 왜 그렇게 미깡(일본 귤)이 먹고 싶었는지……. 남편이 운천에 있는 미군부대에 초대되어 갔다가 거기에 미깡이 나온 것을 보고 반가워서 눈치를 살피다가 몇 개 주머니에 넣어 가지고 와서 한참 입덧하는 나에게 준 기억은 팔십이 가까운 나이에도 잊혀지지 않는다. 남자의 체면도 어기면서 한 일이기에 내내 가슴에 남아 있다.

텔레비전을 보니 풋사과가 나왔다. 사과가 우리네 다이어트에 좋다고 많이들 먹고 있단다. 체중 감량에 성공한 사람의 인터뷰를 본 기억이 나서 나도 열심히 사과를 먹어야겠다는 마음을 가져본다.

단옷날의 단상

한복을 곱게 차려 입은 처녀들과 새 각시들이 참여하여 미혼녀와 기혼녀, 젊은 부녀자들로 나뉘어 그네뛰기를 한다. 쌍그네 뛰기도 한다. 그네를 타고 하늘로 높이 오른다. 올라서 가장 높은 나뭇가지 끝에 달린 잎을 흔들어야 승리를 한다. 고운 치맛자락을 펄럭이며 그네 뛰는 모습은 마치 선녀들의 축제인 양 아름답다. 높이 높이 오를수록 박수소리가 크다. 그러다가 아슬하게 올랐어도 발이 나무 끝에 닿을 듯 말 듯한 것을 보면 저절로 안타까워서 발을 동동거리며 가슴 조이기도 한다.

단옷날의 단상

단옷날은 우리나라 설, 추석과 더불어 3대 명절의 하나로 음력 5월 5일이다. 1년 중 가장 양기陽氣가 왕성한 날이라 한다.

남자들은 씨름을 하고 부녀자들은 창포물에 머리를 감고, 그네를 뛰는 민속놀이 행사가 펼쳐지고 수리치떡을 해 먹는다.

단옷날이 오면 우리 집 뒷산 울음산은 아침부터 시끌벅적 사람들의 웅성거림으로 동네 어린 아이들까지도 덩달아 산으로 내달리곤 한다.

울음산에 있는 큰 나무에 그네를 매어놓고 부녀자들이 그네뛰기를 한다. 그 그네뛰기는 매년 해 오는 우리 고장의 중요 행사이다.

한복을 곱게 차려 입은 처녀들과 새 각시들이 참여하여 미혼녀와 기혼녀, 젊은 부녀자들로 나뉘어 그네뛰기를 한다. 쌍그네 뛰기도 한다.

그네를 타고 하늘로 높이 오른다. 올라서 가장 높은 나뭇가지 끝에 달린 잎을 흔들어야 승리를 한다.

고운 치맛자락을 펄럭이며 그네 뛰는 모습은 마치 선녀들의 축제인 양 아름답다. 높이 높이 오를수록 박수소리가 크다. 그러다가 아슬하게 올랐어도 발이 나무 끝에 닿을 듯 말 듯한 것을 보면 저절로 안타까워서 발을 동동거리며 가슴 조이기도 한다.

상품이라야 냄비, 대야, 바가지 등 주로 주방용품이다. 그러나 신나고 짜릿하고 사람들의 마음을 즐겁게 해서 마냥 좋았다.

나도 처녀 때 그네를 꽤 잘 뛰었다. 그네를 뛸 때, 앞으로 나아갈 때는 곧게 가고, 뒤로 물러갈 때는 그넷줄을 넓혀야 앞으로 나갈 때 거리가 멀리 나가게 된다.

쌍그네는 두 사람의 호흡이 잘 맞아야 한다.

내가 결혼을 해서 춘천에 살 때다. 단옷날 아침이면 일찍부터 수리치떡을 팔러 오곤 하여 사서 먹었다.

강릉 단오제는 지금도 유명하다. 불꽃놀이를 비롯해서 볼거리가 많다. 즐길 거리로 창포 머리감기, 먹거리로 수리치떡 맛보기, 단오신주 맛보기 등 다양한 놀이를 즐길 수 있다.

또 단오하면 김말봉 작사, 금수현 작곡 '그네'가 떠오른다.

세모시 옥색 치마

금박 물린 저 댕기가
창공을 차고 나면
구름 속에 나부끼네
제비도 놀란 양
나래 쉬고 보더라.

우리가 많이 부르던 노래다. 지금도 노래를 부르면 저만큼 소나무 사이로 그네 뛰는 아름다운 모습이 훤히 떠오른다.

지네와 생밤

지금 생각하면 옛 어른들이 참으로 지혜로웠던 것 같다. 밤 껍질에도 해독작용이 있을 것 같다는 생각이 어찌 들었던가. 참으로 다행한 일이 아닐 수 없었다. 우리 집이 산 아래에 있어서 그런 벌레들이 무단 침입하는 바람에 불편하였다. 지금 같으면 방충망도 설치하고 약도 뿌리며 살았을 텐데 옛날이라 그러려니 하며 살았던 기억이 난다.

지네에 물리면 생밤이 특효라는 것 외에도 우리네 삶속에 우리가 모르는 특효약이 얼마나 많은가?

지네와 생밤

울음산 아래에 있는 우리 집은 뒷동산에 감나무와 능금나무가 있고 휴식처로 좋은 정원이 있다.

또 축대를 싼 대밭과 장독대가 있는데 그 뒤로 울타리가 쳐져 있지만 가끔 뱀이나 지네 같은 것이 있어서 우리들은 무서워하면서 살았다.

선풍기가 없던 시절이다. 저녁이면 밥을 일찍 먹고 부채를 들고 마당에 나와서 밀대 방석을 깔아놓고 풀을 베어다가 모깃불을 피우고 홑이불을 덮고 별을 보며 노래를 불렀던 어린 시절에 할머니의 옛날 이야기는 들어도 들어도 재미있었다. 어머니가 가르쳐 주신 동요를 불러가며 밤이 이슥하도록 감자와 옥수수를 쪄서 먹던 때가 어제인 듯 생생하다.

나는 어릴 때 여름이면 방안에 분홍색으로 된 모기장을 쳐놓고 문을 활짝 열어놓고 잤다. 어느 날 잠결에 방아깨비 다리 같은 껄끄러운 느낌이 들어서 손으로 그 방아깨비를 집어 어디엔가 던지고 자는데, 조금 있으니까 손가락이 쑤시고 아팠다.

나는 울면서 깼다. 어른들도 내가 소란을 피우는 바람에 깼다. 불을 켜고 보니 벽에 큰 지네가 붙어 있었다. 어른들이 얼른 그 지네를 떼어 버렸다. 지네에 물린 나는 당장 병원에 가서 치료를 받아야 하는데 그 시절에는 응급실도 없던 열악한 때라 어쩔 수 없이 아침이 되기를 기다렸다.

그때 어른들 말씀이 지네에 물린 데는 생밤을 씹어서 붙이면 낫는다고 했다. 하지만 여름이라 생밤이 없을 때다. 지금 같은 세상이면 구할 수가 있었겠지만 그 때는 별 도리가 없었다.

어른들이 잠시 생각한 끝에 응급조치로 그 밤에 울음산에 올라갔다. 가서 밤나무 껍질을 벗겨다가 삶아서 그 물을 먹고 물린 데에 바르고 해서 나았던 기억이 난다.

지금 생각하면 옛 어른들이 참으로 지혜로웠던 것 같다. 밤 껍질에도 해독작용이 있을 것 같다는 생각이 어찌 들었던가. 참으로 다행한 일이 아닐 수 없었다.

우리 집이 산 아래에 있어서 그런 벌레들이 무단 침입하는 바람에 불편하였다. 지금 같으면 방충망도 설치하고 약도 뿌리며 살았을 텐데 옛날이라 그러려니 하며 살았던 기억이 난다.

지네에 물리면 생밤이 특효라는 것 외에도 우리네 삶속에 우리가 모르는 특효약이 얼마나 많은가?

세상이 변하여 요즘 젊은 사람들을 따라갈 수는 없지만 그래도 조금씩 천천히 세상에 적응하면서 동화되면서 살아야겠다는 생각이다.

제주도에 가다

대평리 바닷가에 이르렀다. 그곳에 '피자리아'라는 간판이 붙은 카페는 설원의 이글루 같기도 하고 이색적이었다. 피자를 화덕구이하고 커피를 볶아서 갈아주는데 맛도 향도 좋았다. 커피를 마시면서 철썩거리는 바다를 보고 올드 팝송을 들으니 멀리 바라보이는 수평선 너머로 내 젊은 날의 추억이 파노라마처럼 스쳐갔다. 마침 막내딸 생일이어서 저녁노을 아름다운 바닷가를 거닐며 근처 커피숍에서 케이크를 자르고 생일을 축하해 주었다. 나는 두 딸과 맘껏 수다를 떨었다. 수다는 치매에도 좋다고 하지 않던가?

제주도에 가다

매일 더운 날씨다.

낮 최고기온 35도, 어린이와 노약자는 야외활동을 자제하고 물을 자주 마시라는 안전 안내문자와 폭염경보에 사람들은 말한다. “오뉴월이 이렇게 더운데 칠팔월에는 얼마나 더울까?”라고.

요즘은 지구의 온난화로 사계절이 없다. 옛날같이 봄, 여름, 가을, 겨울이 없다. 봄인가 하면 다음날 반팔 차림의 여름이고, 가을인가 하면 어느새 겨울이다.

이렇게 일찍 다가온 찜통더위에 개미 쳇바퀴 돌 듯 매일 같은 일을 반복하니 짜증도 나고 어디 바람이라도 쐬고 싶은 심정이다. 그 마음을 알아차리기라도 한 듯 며칠 전 막내딸의 주선으로, 큰딸과 우리 내외 네 사람이 제주도 2박3일의 여행 계획이 섰다.

날을 받고 보니, 일기예보에 비가 온다고 했다. 장마철이라 어쩔 수 없는 일이라고 생각하면서 비가 오면 비가 오는 대로, 날이 좋으면 날이 좋은 대로 그냥 떠나기로 했다.

아니나 다를까.

가는 날 아침부터 비가 왔다.

걱정스러웠지만 우리는 비를 맞으며 김포공항으로 갔다. 예약된 시간에 비행기를 탔다. 제주공항에 내려서 렌터카를 타고 제주 시내에 들어갔다.

마침 점심시간이 되어서 근처 식당을 찾아 들어갔다. 30평 남짓 되는 실내가 깨끗하게 정돈되어 있었다. 홀에서 네 사람이 앉을 자리를 살피며 주위를 둘러보는데 벽과 천정에 각양각색의 사인이 꽉 차 있었다.

자세히 보니 전직 대통령 이름도 보이고, 국회의원과 연예인들의 이름도 눈에 띄었다.

우리는 그들이 잠시 이곳에서 점심을 먹고 간 흔적을 보면서 한 사람 한 사람 떠올리기도 했다.

우리는 점심을 먹고 서귀포로 갔다. 그곳 중문관광단지에 있는 스위트 호텔에 여장을 풀었다.

중문관광단지는 여기저기에 관광객이 무척 많았다.

이곳은 어른은 물론 아이들에게도 인기 만점으로 주로 가족 단위로 찾아온 분들이 많았다.

저녁에는 연탄불로 흑돼지 구이 요리를 먹었는데 그 맛이 일품이었다.

다음 날 아침에 눈을 뜨니, 날씨는 언제 비가 왔느냐는 듯이 해가 빛나서 좋았다.

아침을 먹고 대평리로 향했다. 대평리는 특히 가을에 걷기에 좋은 마을로 알려진 곳이다. 가는 길에 마침 말로만 듣던 곶자왈도립공원 앞을 지나게 되었다.

그곳은 세계에서 유일하게 열대북방한계식물과 한대남방한계 식물이 공존하는 제주도의 독특한 숲이다. 곶자왈 환상숲은 숲이 은은히 빛나고 공기가 맑아서 쾌적한 공원이며, 2017년부터는 유료로 전환된다고 입구에 적혀 있었다.

대평리 바닷가에 이르렀다. 그곳에 '피자리아' 라는 간판이 붙은 카페는 설원의 이글루 같기도 하고 이색적이었다. 피자를 화덕구이하고 커피를 볶아서 갈아주는데 맛도 향도 좋았다.

커피를 마시면서 철썩거리는 바다를 보고 올드 팝송을 들으니 멀리 바라보이는 수평선 너머로 내 젊은 날의 추억이 파노라마처럼 스쳐갔다.

마침 막내딸 생일이어서 저녁노을 아름다운 바닷가를 거닐며 근처 커피숍에서 케이크를 자르고 생일을 축하해 주었다.

나는 두 딸과 맘껏 수다를 떨었다. 수다는 치매에도 좋다고 하지 않던가?

처음으로 사위 손자 다 떼어놓고 해방된 기분으로 두 딸과 여행을 하니 마음 한구석 서운하면서도 기쁘기 그지없었다. 언제나 그러하듯이 여행을 하면 입이 즐겁고 눈이 즐거우니 마냥 행복했다.

제주도 특산물을 진열해 놓고 손짓하는 상인들을 돌아보며 걷다가 한라봉 네 상자를 사서 집으로 보내달라고 부탁하고 바다를 떠났다.

비가 주룩주룩 내렸다.

우리는 렌터카에 올라 녹차박물관에 들러서 이것저것 구경도 하고 녹차도 샀다. 그리고 오후 5시 5분 비행기를 타려고 장맛비를 가르며 제주공항으로 갔다.

경제특구라고 하는 제주공항은 도떼기시장 같았다. 중국 사람들로 앉을 자리가 없었다. 화가 치밀었다.

제주도에 관광객을 제대로 유치하려면 좀 더 세심한 신경을 써야 할 것 같다는 생각을 했다.

5시 5분 비행기가 6시 30분에 이륙했다.

김포공항에 도착하니 큰 사위가 마중을 나와 있었다.

두 딸과 우리 내외는 모처럼 즐거운 여행을 마치고 집으로 돌아왔다.

삼일절을 맞으며

국기를 게양하고 아파트 주위를 둘러보니, 이게 웬일일까? 국기를 게양한 집이 그리 많지 않았다. 성냥갑 같은 그 많은 세대 중에 국기가 펄럭이는 집은 열 손가락에도 못 미쳤다. 나는 시간이 지나면 국기를 걸겠지… 하고, 내 신경은 온통 베란다 쪽으로 쏠렸다. 삼일절은 어떤 날인가? '대한독립만세!'를 목청껏 외치며 일본 식민지하에서 한국의 독립의사를 세계에 알린 역사적인 날이 아닌가? 그런 뜻 깊은 날을 어찌 잊으랴!

삼일절을 맞으며

경칩을 나흘 앞둔 삼일절 아침, 꽃샘추위가 극성을 부린다.

밤 내 꽁꽁 얼었던 아파트 정원 마른 나뭇가지마다 소복소복 쌓인 눈꽃이 희게 부시다. 앞으로 사나흘 후면 얼었던 강물이 풀리고 동면에 들어갔던 동물들도 깨어난다는 경칩이다.

나는 일찍이 우리 집 아파트 베란다에 국기를 게양했다. 아이들이 있을 때는 서로 다투어가며 국기를 달았는데, 이제 다 커서 결혼하고 나니 경축일에 국기를 게양하고 현충일에 조기를 거는 일은 내 몫이 되었다.

국기를 게양하고 아파트 주위를 둘러보니, 이게 웬일일까? 국기를 게양한 집이 그리 많지 않았다. 성냥갑 같은 그 많은 세대 중에 국기가 펄럭이는 집은 열 손가락에도 못 미쳤다.

나는 시간이 지나면 국기를 걸겠지… 하고, 내 신경은 온통 베란다 쪽으로 쏠렸다.

삼일절은 어떤 날인가?

'대한독립만세!' 를 목청껏 외치며 일본 식민지하에서 한국의 독립의사를 세계에 알린 역사적인 날이 아닌가? 그런 뜻 깊은 날을 어찌 잊으랴!

한낮이 지나도록 감감했다. 아파트 사이사이 놀이터에서는 고만고만한 어린이들이 모여서 노는 것이 보였다.

요새 젊은 사람들은 가정에서 아이들에게 무엇을 가르치는지! 국어, 산수, 과학 등 학교에서 배우는 과목만이 중요하고 대대로 내려오는 우리네 정서는 어찌 중요하지 않단 말인가?

그런가 하면 요즘 어린 초등학교 학생들까지도 스마트 폰을 갖고 다닌다. 노래를 듣고 사진을 찍고 게임을 하고 마냥 즐기고 있다. 뿐만 아니다. 모든 것을 척척 알아내고 사전이 따로 필요 없을 정도로 많은 기능을 가진 스마트 폰을 즐기고 있지 않은가? 나처럼 나이 든 사람은 스마트 폰이 있어도 고작 전화나 주고 받고, 인터넷으로 겨우 메일을 주고 받는 정도 외에는 그 많은 기능이 있어도 알고 싶지도 않을 뿐더러 머리가 퇴색한 탓인지 복잡한 것은 딱 질색이다.

정오가 넘어서야 관리실에서 오늘은 삼일절이니 국기를 게양하라고 방송을 했다. 기왕에 방송을 할 생각이면 아침 일찍 하던지, 아니면 전날 '내일은 삼일절이니 집집마다 국기를 게양하라' 고 할 일이지

한낮에 방송을 하다니… 한심하기 이를 데 없다. 정오쯤이면 모두가 외출한 후가 아닌가? 더구나 공휴일이라 젊은 사람들은 아침부터 서둘러 놀러 나가기 바쁘고, 집에 있는 사람이 몇이나 될까?

TV를 보니 삼일절이 폭동이라는 기사가 올라와 있다. 기막힌 일이 아닐 수 없다. 우리의 나라 사랑하는 마음이 이래서야 되겠는가?

가정에서 어릴 때부터 교육이 필요하리라고 본다. 어릴 때 교육이 평생 간다는 것을 명심하고 경축일에 태극기를 게양하는 것만이라도 방송을 듣지 않고도 스스로 한다면 얼마나 좋을까?

유행에만 빠른 속도로 따르지 말고 우리네 정서도 기억해 준다면 더 밝은 미래가 우리 앞에 펼쳐질 것이라 생각하며 하루 종일 씁쓸한 기분이 가시지 않는다.

추모관에 대하여

'인명은 재천' 이라 했다. 빈손으로 왔다가 빈손으로 가는 인생! 어느 날 문득 자는 듯이 꿈꾸듯이 죽는다면 얼마나 좋을까, 생각하면서 우리 부부가 같이 추모관 신청을 하였다. 신청을 하고 나니 내 나이가 벌써 이렇게 되었나 생각되고 마음이 착잡했다. 또한 아둥바둥 살아온 날들이 부질없음도 느껴졌다. 우리 부부가 나란히 그곳에 안주하면서 아침 저녁 영혼이라도 함께 새소리 바람소리 들으며 지낼 수 있을 것 같아 좋았고, 자식들에게 크게 부담 주지 않는 것이 안심되었다.

추모관에 대하여

100세 시대를 맞이하여 요즘 나이 든 사람이 많다. 매스컴을 통해서도 알 수 있듯이 사람의 수명이 날로 늘어가는 추세다.

그래서 가끔 삶과 죽음에 대하여 생각할 때가 있다. 사람이 태어나서 한 삶을 다하면 흙으로 돌아가는 것이 당연한 귀결이다. 잘 살았던 못살았던 피할 수 없는 길이다.

한편 요즘 젊은 사람들은 결혼도 미룬다고 한다. 설사 결혼을 하여도 아이를 낳지 않는다고 한다. 왜냐하면 옛날과 달리 자녀 하나 가르치는데 들어가는 비용이 만만치 않기 때문이다. 아이가 태어나면 기쁘고 반가운 반면, 그 때부터 교육비에 얽매어 살 것을 생각하면 아찔하단다. 차라리 자식 안 낳고, 자기 계발에 힘쓰며, 즐겁게 사는 것이 현명하다고 생각하기 때문이란다.

언제부턴가 '100세 인생' 이라는 노래가 유행하고 있다. 전해 온 말에 의하면 그 노래는 꽤 오래 전에 나왔는데 인기를 얻지 못하고 사라졌다가 어느 날 갑자기 노인들의 증가로 인해 다시 태어난 노래라고 한다.

'80세에 저세상에서 날 데리러 오거든 할 일이 많아서 못 간다고 전해라' 하는 노랫말이다. 그 '전해라' 가 유행이다.

어느 날 은행에 갔더니, 그 은행에서도 '00에 투자하면 좋은 일이 생긴다고 전해라' 고 쓴 것도 보았다.

한때, '99 88 234' 라는 숫자가 날개를 달고 떠돌았다. '99세까지 팔팔(건강)하게 살다가 이삼일 앓다 죽는 것이 희망사항' 이라는 뜻의 유행어다.

사람이 죽으면 장례를 치러야 한다. 매장을 하기도 하고, 화장을 하여 강물에 띄우기도 하다가 수목장, 납골당으로 이어졌다. 가끔 친지나 친구들이 모이면 수목장, 납골당 이야기가 나온다. 그 때마다 남의 일처럼 생각했던 것이 이제 80세에 가까워지면서 언젠가는 나도 갈 날을 대비해야 한다는 것을 마음으로 생각하게 되었다. 나는 영영 늙지 않을 것이라 생각했던 마음을 고쳐야 했다.

지난 주 내가 다니는 교회에서 오전 예배를 마치고 광고 시간에 안성에 있는 추모관 신청을 받는다고 해서 나도 신청을 했다. 그 추모관에서는 평생 관리를 해 주고 음력 설날 며칠 전에 목사님들과 가족들이 함께 모여서 추모 예배를 드린다고 하니 외롭지 않아서 좋을 것 같았다.

'인명은 재천在天' 이라 했다. 빈손으로 왔다가 빈손으로 가는 인생! 어느 날 문득 자는 듯이 꿈꾸듯이 죽는다면 얼마나 좋을까, 생각하면서 우리 부부가 같이 추모관 신청을 하였다. 신청을 하고 나니 내 나이가 벌써 이렇게 되었나 생각되고 마음이 착잡했다.

또한 아둥바둥 살아온 날들이 부질없음도 느껴졌다. 우리 부부가 나란히 그곳에 안주하면서 아침 저녁 영혼이라도 함께 새소리 바람소리 들으며 지낼 수 있을 것 같아 좋았고, 자식들에게 크게 부담 주지 않는 것이 안심되었다.

내가 이 세상에 와서 살다가 끝나는 날 책임을 다하고 돌아갈 곳까지 정해 놓으니 홀가분하다.

이제 갈 날이 얼마 남지 않은 시간들을 아름답고 보람 있게 지내기를 소원하면서 마음을 접는다.

3부

⋮

6.25와 나의 학창시절

나의 중 · 고등학교 시절

양계의 추억

홍역과 산토끼 똥

옷이 날개

⋮

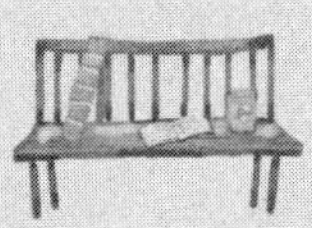

6.25와 나의 학창시절

선생님께서 방첩에 대한 내용을 작성하여 서산에 있는 극장엘 갔다. 선생님과 나는 영사실에 앉아서 영화가 시작되기 전과 막간을 이용해서 다음 필름을 끼우는 동안에 극장에 온 관객들에게 계몽차원에서 준비해 간 방첩에 대한 원고를 읽곤 하였다. 물론 그들은 나를 알지도 못하고 내가 누구인지도 모르지만 선생님과 같이 가서 가끔 그런 시간을 가졌다. 마치 옛날에 극장에서 무성영화를 상영할 때 영사실에서 영화에 맞춰 그 줄거리를 설명하던 사람, 바로 그 변사처럼.

6.25와 나의 학창시절

1950년 6.25사변이 지나고 어수선한 가운데 나는 학교에 다니고 있었다. 내가 고등학교 1학년 때다.

각 학교 학생들은 모두 공부하는 시간보다도 플래카드를 들고 길거리를 행진하는 시간이 더 많았다. 시골이라 많은 학생은 없었지만, 남자 중 · 고등학교와 여자 중 · 고등학교 학생들이 나와서 자주 궐기대회를 했다.

6.25 직후라 반공을 위한 표어도 써서 학교에 내고, 포스터도 그려서 학교에 제출했다. 또 그때는 학도호국단이 있던 시절이어서 웅변대회도 자주 열렸다. 웅변대회 때도 시국이 시국인 만큼 내용도 거의 분단된 우리 조국에 대한 내용이 반을 차지했다.

모든 학생들이 참여하는 행사인 만큼 나도 웅변대회에 나갔다. 열심히 원고를 쓰고 연습을 하고 달달 외워서 대회에 나가면 많은 사람들의 박수를 받고 또 등수 안에 들 때 얼마나 기뻤던지…. 애써 준비한 보람을 느낀 나는 가끔 웅변대회에 참가하곤 했다. 그래서인지 학교에서 나를 자주 불렀다.

선생님께서 방첩에 대한 내용을 작성하여 서산에 있는 극장엘 갔다. 선생님과 나는 영사실에 앉아서 영화가 시작되기 전과 막간을 이용해서 다음 필름을 끼우는 동안에 극장에 온 관객들에게 계몽차원에서 준비해 간 방첩에 대한 원고를 읽곤 하였다. 물론 그들은 나를 알지도 못하고 내가 누구인지도 모르지만 선생님과 같이 가서 가끔 그런 시간을 가졌다.

마치 옛날에 극장에서 무성영화를 상영할 때 영사실에서 영화에 맞춰 그 줄거리를 설명하던 사람, 바로 그 변사辯士처럼.

그 시절에는 거의 흑백영화(활동사진)였고, 우리 학생들은 극장 출입이 금지되었을 때다. 나는 영화 내용이 무엇인지 모른 채 막간을 이용해서 그렇게 영사실에서 계몽을 했다.

지금 생각하면 좀 웃기는 이야기 같다. 극장 구경 온 사람들에게 막간을 이용한 계몽운동이 목청껏 외친다고 그들의 귀에 들어가겠는가 싶고, 다만 열악한 시대의 응급조치적인 발상이 아니었는가 싶기도 하다.

어쨌든 우리나라는 아직도 분단된 채 북한에서는 우리를 핵으로 끊임없이 위협하고 있지 않은가?

조국의 가슴 아픈 분단의 불행이 언제까지 갈 것인지 답답한 마음이다. 이런 때일수록 각자 주어진 일을 열심히 하는 것도 나라를 위한 애국이 아니겠는가?

기온은 매일 35.6도를 오르내리며 사람들을 무척 힘들게 하고 있다. 그러나 아무리 더워도 계절은 흐르기 마련인 것을…, 머지않아 우리 강산에도 아름다운 가을이 오겠지.

나의 중 · 고등학교 시절

당시 시골 우리 동네는 매우 열악한 환경이었다. 그 열악한 우리 동네로 세 분 선생님이 피난 차 내려오셨다. 우리 학교 학생들은 운 좋게 그 분들의 가르침을 받았다. 그 때는 몰랐다. 후에 알고 보니, 음악 선생님은 유명한 변석진 성악가였고, 김종권 국어 선생님, 양재영 수학 선생님은 모두 실력 있는 선생님들이었음을 알게 되었다. 특별히 변석진 음악 선생님이 생각난다. 시골에서 풍금만 있던 우리 학교에 변석진 선생님이 오셔서 처음으로 피아노를 들여왔다. 우리들은 난생 처음 본 피아노 앞에서 청음 수업을 받았다. 선생님이 피아노를 치시면 그 음을 듣고 음표(악보)를 적는 공부다. 지금 생각하면 작곡 공부인 것 같다.

나의 중 · 고등학교 시절

우리는 우리나라가 일본 제국주의에 의하여 식민통치를 당한 35년간(1910~1945) 이후, 해방을 맞았다. 그리고 그 기쁨도 잠시 5년도 채 못 되어 우리 민족은 가장 쓰리고 아픈 분단의 상처를 맛보았다. 그것은 1950년 6월 25일 새벽, 북한 공산군이 불법 남침함으로써 일어난 한반도 전쟁이다.

그때 사람들은 어수선한 분위기 속에서 생활고에 시달렸다. 묵은 곡식은 다 떨어지고 햇보리가 나올 때까지 농가의 식량사정이 가장 어려운 보릿고개를 맞이했다. 그러한 상황에서도 나는 초등학교를 마치고 중학교에 진학을 했다. 생각해 보면 나는 선택된 사람이었다.

당시 시골 우리 동네는 매우 열악한 환경이었다. 그 열악한 우리 동네로 세 분 선생님이 피난 차 내려오셨다. 우리 학교 학생들은 운 좋게 그 분들의 가르침을 받았다.

그 때는 몰랐다. 후에 알고 보니, 음악 선생님은 유명한 변석진 성악가였고, 김종권 국어 선생님, 양재영 수학 선생님은 모두 실력 있는 선생님들이었음을 알게 되었다.

특별히 변석진 음악 선생님이 생각난다. 시골에서 풍금만 있던 우리 학교에 변석진 선생님이 오셔서 처음으로 피아노를 들여왔다. 우리들은 난생 처음 본 피아노 앞에서 청음聽音 수업을 받았다. 선생님이 피아노를 치시면 그 음音을 듣고 음표(악보)를 적는 공부다. 지금 생각하면 작곡 공부인 것 같다.

중학교 때 음악 시험을 보는데 삼일절 노래였다. 우리 반 김영숙이는 혀가 약간 짧아서 발음에 문제가 생겼다. "기미년 삼월 일일 정오~" 하고 선창하면, 영숙이는 "지미년 사월 일일 정오~"라고 불러서 선생님께서 '다시' 를 반복했던 기억이 지금까지도 남아 있다.

또 옛날에는 학생들이 모(벼)도 심고 보리도 베는 일로 바쁜 농촌의 일손을 돕기도 했다. 농번기에는 가정실습이라고 해서 집에서도 일손을 도왔다.

특히 여름방학 동안에는 가끔 소집일이 있어서 학교에 가면 운동장에 있는 풀을 매었던 기억도 난다. 당시 중학교만 있던 우리 학교가 내가 중학교 졸업하던 해에 다행히 고등학교가 설립되어서 나는 1회 졸업생이다.

아침 조례를 운동장에서 할 때도 있지만, 교실에서도 학급 조례로 대신할 때가 있다. 그리고 수업시간이 끝나면 으레 담임선생님의 종례시간이 있다. 종례시간에는 전달사항이나 지시사항을 하시면서 "여러분에게 한 가지 광고를 알려 주겠다" 고 말씀하셨다.

고등학교 2학년 때, 종례시간에 늘상 하는 '여러분에게 한 가지 광고' 라고 말씀하실 때 우리 반 심정희 친구가 앞질러 '저이는 맨 광고' 해서 한바탕 웃음바다가 되었고, 선생님은 화가 나셨는지 우리 모두 벌까지 섰던 기억이 난다. 지금도 여고 동창회에 모이면 가끔 그 이야기로 웃곤 한다.

심정희 그 친구는 지금 어디서 어떻게 사는지 보고 싶다. 허연 머리로 할머니가 되어 손자 손녀 보고 지내고 있겠지. 마음은 아직도 이팔청춘인데 몸은 늙어서 여기 저기 삐거덕거린다. 노인들의 수명은 연장되어 백세시대에서 다시 백십시대라고 한다.

이제 되돌아올 수 없는 나의 학창시절은 세월의 뒤안길에서 아련한 추억으로만 남았나 보다.

양계養鷄의 추억

내가 학교에 가면 조카는 닭장 안을 두루 살피면서 알을 낳는 대로 꺼내어 모아 놓았다. 그것을 오일장 장날이면 달걀 장사들이 와서 가져갔다. 5일 동안 모아 놓은 달걀은 거의 700개가 넘었다. 알을 판 돈으로 방앗간에 가서 쌀겨를 몇 십 가마니 사서 마차로 실어오고 싸라기도 따로 샀다. 나는 어려서부터 한가하게 노는 날이 없이 그렇게 양계를 하면서 학교에 다녔다. 닭이 비실비실하고 졸면 밥에다가 고추장을 섞어 비벼서 먹이면 그대로 괜찮아지곤 했다. 쇠절구가 구멍이 날 정도로 굴 껍질을 찧었던 어린 시절이 생각난다.

양계養鷄의 추억

"꼬꼬댁! 꼬꼬댁!"

이른 아침부터 우리 집 닭장에서는 모이 쪼는 소리와 함께 닭 날갯짓이 부산하다.

우리 집 넓은 마당 한쪽에 자리하고 있는 닭장에는 닭이 200마리 정도 있다. 아버지께서는 서울에 계시고 어머니는 외가에 계셨다. 그때, 조카뻘 되는 병례를 데려다가 살림을 하게 하고 나는 고등학교에 다녔다.

학교에서 돌아오면 언제나처럼 닭장을 살피고 추우나 더우나 닭의 먹이를 챙겨주어야 했다.

그때는 지금같이 닭 사료를 사다 먹이는 시대가 아니었다. 밭에 나가서 무청을 제쳐서 도마에 잘게 썰고, 쌀겨와 싸라기를 준비하여 굴 껍데기를 쇠절구에 찧어 체로 쳐서 그 가루를 섞어 물에 개서 닭 모이로 주었다. 특히 굴 껍질을 섞어주어야 알이 단단하다고 했다.

학교 가기 전에 닭 200마리의 모이를 마련해서 주려면 아침 일찍 일어나야 해서 조카 병례랑 부산을 떨었다.

처음에는 이탈리아 원산의 닭 품종으로 레그혼을 길렀다. 갈색, 흙

색, 백색이 있는데 대표적인 난용종卵用種인 백색을 기르다가 누런 뉴햄프셔를 기르고, 또 꿩닭을 길렀다.

내가 학교에 가면 조카는 닭장 안을 두루 살피면서 알을 낳는 대로 꺼내어 모아 놓았다. 그것을 오일장 장날이면 달걀 장사들이 와서 가져갔다. 5일 동안 모아 놓은 달걀은 거의 700개가 넘었다.

알을 판 돈으로 방앗간에 가서 쌀겨를 몇 십 가마니 사서 마차로 실어오고 싸라기도 따로 샀다.

나는 어려서부터 한가하게 노는 날이 없이 그렇게 양계를 하면서 학교에 다녔다.

닭이 비실비실하고 졸면 밥에다가 고추장을 섞어 비벼서 먹이면 그대로 괜찮아지곤 했다. 쇠절구가 구멍이 날 정도로 굴 껍질을 찧었던 어린 시절이 생각난다.

지금 같으면 그렇게 할 수 있을까 생각해 본다. 요즘 학생들은 학교에 가고, 학원에 가고, 인터넷 하고, 스마트 폰 하고, TV보느라 바쁜데 설사 집에 닭이 많이 있다 해도 닭을 돌볼 수 있는 시간이 어디 있겠는가? 옛날에는 TV도 없고 문화시설이 없던 시절이며 겨우 책이나 볼 수박에 없던 때였지만 그래도 나름대로 꿈을 키웠다.

나는 고등학교 시절에 양계를 하면서 시인의 꿈을 키웠다. 그 꿈을 늦은 나이에 이루었다. 이제 8순을 바라보며 어릴 때 못했던 컴퓨터를 배우고 글을 쓰고 저장하고 메일을 주고받는 할머니가 되었으니 어찌 대견하지 아니한가?

나 스스로 자랑스러우며 '나이야 물렀거라' 외치며 어깨가 으쓱해 진다.

홍역과 산토끼 똥

그때 어른들 말씀이 산토기 똥과 시누대 잎을 넣고 끓여서 그 물을 먹으면 열이 식고 쉽게 홍역을 한다고 말씀하셨다. 우리 집에서 가장 소중한 내 남동생이 홍역을 앓는 바람에 집안은 온통 시름에 잠겼다. 나는 어린 마음에 내가 무엇을 해야 할까 생각하다가 옷을 단단히 입고, 모자도 쓰고 손 시리지 않게 장갑까지 끼고 30분도 더 걸어서 산으로 갔다. 산에서 여기 저기 살펴가며 산토기 똥을 구하고, 시누대 잎을 따다 부모님께 드렸다. 그때 부모님께서 깜짝 놀라시며 구해 온 산토끼 똥과 시누대 잎을 함께 다려서 동생에게 먹였다. 그래서인지 동생은 수월하게 홍역을 치렀다.

홍역과 산토끼 똥

한겨울, 추운 날씨에 싸락눈까지 내리면 매우 을씨년스럽고 사람들이 집밖으로 나가기를 꺼려했다.

그러던 어느 날, 우리 집 대들보인 내 남동생이 시름시름 앓았다. 열이 나고 온몸에 빨긋빨긋 열꽃이 났다. 부모님들이 홍역이라고 했다.

그때 어른들 말씀이 산토기 똥과 시누대 잎을 넣고 끓여서 그 물을 먹으면 열이 식고 쉽게 홍역을 한다고 말씀하셨다. 우리 집에서 가장 소중한 내 남동생이 홍역을 앓는 바람에 집안은 온통 시름에 잠겼다.

나는 어린 마음에 내가 무엇을 해야 할까 생각하다가 옷을 단단히 입고, 모자도 쓰고 손 시리지 않게 장갑까지 끼고 30분도 더 걸어서 산으로 갔다. 산에서 여기 저기 살펴가며 산토기 똥을 구하고, 시누대 잎을 따다 부모님께 드렸다.

그때 부모님께서 깜짝 놀라시며 구해 온 산토끼 똥과 시누대 잎을 함께 다려서 동생에게 먹였다. 그래서인지 동생은 수월하게 홍역을 치렀다.

우리 집은 손이 귀한 가문이라고 하여 불공 드려서 늦게 태어난 내 남동생은 온 가족의 관심과 사랑을 독차지했다. 어느 가정인들 자식에 대한 사랑이 애틋하지 않으랴만 우리 집은 특별했다. 그렇게 자라던 남동생이 중학교 2학년 때 아버지께서 돌아가셨다.

어머니 혼자 그 아들을 키워서 대학까지 공부 시키시느라 갖은 고생을 다하셨다. 누나인 나라도 부잣집에 시집가서 친정을 도와주었다면 얼마나 좋았을까 싶었지만 세상은 다 마음대로 되는 게 아니었다.

나는 내가 좋아하는 사람과 연애하다 보니, 사위가 어머니의 마음에 흡족하지 못했다.

결혼이란 상대편에서 일방적으로 아무리 하고자 해도 안 되고, 또 내가 아무리 싫다 해도 인연이면 이루어지는 것을 보아 왔다.

그때 설사 내가 부잣집으로 시집을 갔다 해도 내 동생을 도울 수 있는 분위기가 아니었다면 그 또한 부질없는 생각이 아니었겠는가? 잠시 가난했던 지난 시절을 생각하면서 홍역에 대한 이야기를 이어본다.

지금시대는 특별히 홍역을 하는 아이도 없는 것 같다. 하기야 요즘은 태어나면 바로 아기수첩에 의하여 때맞추어 예방주사를 놓기 때문에 홍역이니 뭐니 하는 치레는 없는 것으로 알고 있다.

우리 아이들 때만 해도 라이루겐이라는 홍역 예방주사를 맞고 탈 없이 지나갔다.

막내딸만 나이 스무 살에 홍역을 했다. 저희 언니 시집갈 때 홍역 하느라 힘들어 했던 기억이 난다. 의학이 발달한 지금은 산토끼 똥과 시누대가 홍역에 좋다는 것을 어찌 알겠는가.

옛날 옛적에 그것이 좋다는 이야기를 전해 듣고서 그대로 따라했던 생각을 하면서 잠시 추억에 잠겨본다.

옷이 날개

옛날에는 우리 어머니들이 길쌈을 해서 옷을 만들어 식구들에게 입히고 아래로 대물림하면서 살았다. 뿐만 아니라 줄여 입고 늘여 입기도 하면서 살았다. 내가 어렸을 때 구멍 난 양말은 고장 난 전구를 양말 속에 넣고 기워서 신었다. 그러던 차에 나일론 양말이 나왔다. 나일론 양말은 질기고 뚫어지지 않아서 양말 깁는 수고를 덜어주어 인기가 좋았다. 옷이 작아서 못 입는 옷을 얻어다가 입거나 입히는 것이 흉이 아니고, 알뜰한 가정경제에 보탬이 되었다. 지금도 우리 손녀들은 친구네 언니들의 옷을 갖다 입히는 것으로 알고 있다. 틈을 내어 자투리 천을 사가지고 와서 아이들 옷을 만들어 입히는 것을 보면 며느리가 한결 예뻐 보이고 이 얼마나 고마운 일인가?

옷이 날개

아파트 의류수거함에서 옷과 가방, 신발 등을 수거해 가는 것을 보았다.

사람들이 자기가 입던 옷이 작아서 못 입거나 유행에 뒤떨어져서, 혹은 싫증이 나서 못 입으면 의류수거함에 갖다 넣는다. 그 옷은 얼마간의 기간이 지나면 누군가가 가져가서 주변에 어려운 사람들과 나눠 입거나 또는 그 옷을 잘 손질해서 외국으로 수출한다고 한다.

옛날에는 우리 어머니들이 길쌈을 해서 옷을 만들어 식구들에게 입히고 아래로 대물림하면서 살았다. 뿐만 아니라 줄여 입고 늘여 입기도 하면서 살았다.

내가 어렸을 때 구멍 난 양말은 고장 난 전구를 양말 속에 넣고 기워서 신었다. 그러던 차에 나일론 양말이 나왔다. 나일론 양말은 질기고 뚫어지지 않아서 양말 깁는 수고를 덜어주어 인기가 좋았다.

옷이 작아서 못 입는 옷을 얻어다가 입거나 입히는 것이 흉이 아니고, 알뜰한 가정경제에 보탬이 되었다. 지금도 우리 손녀들은 친구네 언니들의 옷을 갖다 입히는 것으로 알고 있다. 틈을 내어 자투리 천을 사가지고 와서 아이들 옷을 만들어 입히는 것을 보면 며느리가 한결 예뻐 보이고 이 얼마나 고마운 일인가?

나도 며느리가 옷을 만들어 주어서 입고 다닌다. 명품만이 좋은 것이라고 생각하지 않는다. 얼마 전에는 조끼를 만들어 주어서 따뜻하고 가볍게 잘 입으니 마음까지 따뜻했다.

우리 큰 딸은 나에게 가방을 만들어 주었다. 이 세상에서 오직 하나뿐인 가방이다. 나는 외출할 때마다 자랑삼아 가지고 다닌다.

아무리 옷이 날개라고 하지만 나이에 어울려야 되고 명품이라고 다 좋은 것은 아니라고 생각한다. 나이든 사람이 다리가 휘어진 상태에서 짧은 스커트를 입고 하이힐을 신고 가는 것을 보고 격에 안 맞는 것 같아서 나이든 내가 공연히 부끄러웠다.

젊은 사람은 무엇을 입어도 예쁘다. 그러나 나이든 사람은 남의 시선을 무시해서는 안 된다고 생각한다. 불편해 보이지 않고 따뜻하게 입었으면 좋겠다. 그리고 옷 속에 감춰진 인격은 어찌 할 것인가? 겉으로 평가할 수 없는 것이 옷이라고 생각한다.

오래 전에 내가 인천에 살 때 포목점에서의 일이다. 어느 중년 부인을 본 일이 있다. 옷 입은 것으로 보아 잘 살지 못하는 것 같았다. 외모도 몹시 초라하고 가난에 쪼들린 분 같았다. 그분이 옆에 서 있는데 불쾌한 냄새가 나는 것 같아 싫었다. 그 모습을 보면서 사람은 옷이 날개라는 말을 떠올렸다.

그런데 그분과 한참을 이야기하다 보니 과거에는 잘 살았고, 공부도 많이 하여 대화 가운데서 품위도 느꼈다.

그래서 사람은 외양만 보고 평가해서는 안 된다고 생각했다.

그러나 이왕이면 깨끗한 차림이 좋으리라.

얻어먹는 거지도 행색이 초라하면 대접을 못 받는다는 말이 있듯이 나이에 맞게 깨끗한 차림으로 나선다면 좋은 인상을 받으리라.

옷이 날개니까.

4부

할머니와 술 담기

의사가 왕진을 왔다 가고 얼마 후, 할머니는 오래 앓지 않으시고 꿈꾸듯이 돌아가셨다. 나는 아버지와 어머니에게 전보를 치고 장례 치를 준비에 일손을 거들었다. 그때 나는 처음으로 큰어머니에게서 술 담그는 법을 배웠다. 술밥을 찌고, 누룩을 장만하고, 멍석을 깔고, 준비한 술밥과 누룩을 섞어서 항아리에 담고 물을 적당히 부어 방에다 놓았다. 그리고 이불로 덮어 놓고 나니 아버지와 어머니가 오셨다. 초상이 나면 보통 3일장인데 4일장을 치렀다. 마침 내가 만든 술이 잘 되어서 그 술로 초상을 치렀다. 나는 그때 술 담그는 법을 배워서 시집 와서도 가끔 술을 담아 시어머니께 드리곤 하였다.

할머니와 술 담기

한겨울, 바람이 불면 우리 집 뒷산에서 대나무 서걱거리는 소리가 으스스하다. 몸이 오싹할 정도로 무섭다. 음력 정월 그믐에 가까운 날씨라 온 세상이 꽁꽁 얼었다. 그 무렵 1950년대에는 가난한 사람이 많았고 전쟁 후유증으로 살기가 매우 어려웠다.

우리 집도 예외는 아니었다. 아버지가 국회의원 선거에 여러 번 실패하여 살기가 더 힘들었다. 그런데도 아버지는 서울에 가 계셔서 우리 집 가정 형편이 무척 어려웠다. 우리 삼남매는 할머니 밑에서 오로지 할머니만을 의지하고 살았다. 저녁이면 따뜻한 아랫목에 발을 넣고 옛이야기를 들으며 밤이 깊어가는 줄도 모르고 지낼 때 할머니께서 병이 나셨다. 속이 안 좋고 가슴에 경련이 인다고 하였다.

지금 같으면 그게 위경련이나 어떤 병인지 알 수 있었을 텐데, 그 시대에는 병원도 어쩌다 있고 응급실이나 입원실 같은 것도 없었다. 전화도 드물었던 시대라 사람이 가야 왕진을 왔다. 그때 나는 중학교 3학년이었다. 내 여자 동생이 중학교 1학년이었고, 남동생이 초등학교 2학년이었다. 우리는 겁이 나서 부랴부랴 1킬로미터 쯤 떨어진 곳에서 살고 있는 큰어머니 댁으로 달려가서 말씀 드렸다. 큰어머니와 큰

아버지, 고모가 놀라시며 급히 의사에게 왕진을 청했다.

할머니는 전부터 가슴에서 무엇이 치민다고 하셨다. 동네 어른들이 말하기를 그것이 속앓이라고 했다. 화가 많은 사람이나 스트레스가 쌓인 사람들이 앓는 병이라고 했다.

의사가 왕진을 왔다 가고 얼마 후, 할머니는 오래 앓지 않으시고 꿈꾸듯이 돌아가셨다. 나는 아버지와 어머니에게 전보를 치고 장례 치를 준비에 일손을 거들었다. 그때 나는 처음으로 큰어머니에게서 술 담그는 법을 배웠다. 술밥을 찌고, 누룩을 장만하고, 멍석을 깔고, 준비한 술밥과 누룩을 섞어서 항아리에 담고 물을 적당히 부어 방에다 놓았다. 그리고 이불로 덮어 놓고 나니 아버지와 어머니가 오셨다.

초상이 나면 보통 3일장인데 4일장을 치렀다. 마침 내가 만든 술이 잘 되어서 그 술로 초상을 치렀다. 나는 그때 술 담그는 법을 배워서 시집 와서도 가끔 술을 담아 시어머니께 드리곤 하였다.

내가 인천에 살 때다. 밀가루 먹던 것이 남아 있어서 반죽을 하여 동그랗게 만들어 우리 집 다락에 신문지를 깔고 널어놓았다. 한동안 잊어버리고 그대로 두었더니 잘 떠서 누룩이 되었다. 그것으로 술을 담그는데, 어렸을 때 어머니가 우리 집 정원 소나무에서 솔 순을 따서 누룩을 빗는 것을 보고 그대로 흉내를 냈더니 그게 송순주가 되었다.

오랜 세월이 지난 뒤, 남편이 예산에 부임해 계실 때 술을 담그라 해서 오랜만에 솜씨를 발휘했다. 술 항아리를 이불로 덮어놓으면 부글부글 술 괴는 냄새가 방안 가득 진동할 때, 이불을 벗기고 식혜를 해서 술 항아리에 부어 놓았더니 며칠 뒤 맑은 술이 되었다.

거기에 용수(술 항아리에 넣는 대나무로 만든 길쭉한 바구니)를 넣으니 맑은 동동주가 고였다. 동동주를 떠내고 나머지 건더기는 물을 부어 주물러서 체에 받쳐 내리니 막걸리가 되었다.

동동주 따로 막걸리 따로 해 놓으면 남편이 손님들을 집으로 계속 불러 들여 먹이곤 하던 그때가 바로 엊그제 같다. 세월이 지나 이제 나이도 들고 술도 담그지 않으니 옛날이 생각난다. 그래도 그때 음식 장만하고 술 담가서 손님 대접했던 것이 나에게는 한 때 젊은 시절의 왕성했던 삶이 아닌가 생각해 본다.

오늘 광에 가보니 작년에 누룩을 산 것이 아직 남아 있다. 본 김에 언제 틈 내어 술을 한 번 담아볼까 한다.

사창리의 겨울

나는 서른도 안 된 나이에 치안을 책임지는 사람의 아내로 그곳 화천군 사내면 사창리로 남편을 따라갔다. 3개월 동안 화천에서 살면서 겨울을 대비하여 땅 속에 묻어두었던 김장김치를 꺼내오는데 어설프기 짝이 없었다. 관사라고 해야 말이 관사지 방 두 개에 부엌 하나다. 루핑 지붕으로 금이 쩍쩍 간 방에서는 바깥이 훤히 내다보였다. 장작을 때서 방을 덥혀도 서리 내리듯 입김이 나는 그런 곳에서 지내야 했다. 때마침 크리스마스라 하여 극장에서는 며칠 전부터 매일 확성기로 '뜨거운 안녕' 노래를 수 없이 울리고 있었다. 그러나 아는 사람 하나도 없는 나에겐 사창리의 크리스마스 이브는 외롭기만 했다.

사창리의 겨울

강원도 화천군 사내면 사창리에 겨울이 왔다.

때마침 눈이 펄펄 내리는 1967년 12월 24일 크리스마스 이브다.

거리에는 한참 유행이던 자니윤 노래 '뜨거운 안녕' 이 물결치듯 넘실거렸다.

그곳 사창리는 일선 지방이다. 27사단과 15사단이 있어서 지나가는 사람들은 거의 군인이 많았다.

폐허된 동네에는 가건물로 지은 가게들이 드문드문 있었다. 여관도 있고 약국도 있고, 있을 것은 거의 다 있었다. 군인 부대가 2개 사단이 있으므로 군인 가족을 상대로 장사하는 가게다.

토요일이면 군대 온 아들을 면회 오는 사람들로 사창리는 매우 분주하였다.

나는 서른도 안 된 나이에 치안을 책임지는 사람의 아내로 그곳으로 남편을 따라갔다.

3개월 동안 화천에서 살면서 겨울을 대비하여 땅 속에 묻어두었던 김장김치를 꺼내오는데 어설프기 짝이 없었다. 관사라고 해야 말이 관사지 방 두 개에 부엌 하나다. 루핑 지붕으로 금이 쩍쩍 간 방에서는 바깥이 훤히 내다보였다. 장작을 때서 방을 덥혀도 서리 내리듯 입김이 나는 그런 곳에서 지내야 했다.

때마침 크리스마스라 하여 극장에서는 며칠 전부터 매일 확성기로 '뜨거운 안녕' 노래를 수 없이 울리고 있었다. 그러나 아는 사람 하나도 없는 나에겐 사창리의 크리스마스 이브는 외롭기만 했다.

마침 관사 옆에는 공의公醫인 정 의원 내외분이 살고 있었다.

내외분 다 60이 가까운 분들이다. 시골에서 산파産婆 일까지 모두 정 의원이 맡아서 하고 어려운 살림에도 공의로서 최선을 다하며, 그 시절에 사모님은 내의도 기워 입었다. 참으로 검소하고 인자한 분이셨다.

그 분들은 내게 부모님 뻘이지만 인생의 선배로서, 또 친구로서 사귀며 콩알 한쪽도 나누며 살았다. 우리 딸 은주가 열이 나면 정 의원 할아버지가 "너 열 있구나" 하시며 약을 주시고, 미리 손을 써 주셔서 고마웠다.

여름 더운 날 루핑 지붕은 말로 표현할 수 없을 정도로 더웠다. 풀을 베어 지붕에 얹고 물을 뿌리며 살았다.

나는 가끔 정 의원 사모님과 극장도 같이 가고 무엇이든지 의논하면서 살았다. 그렇게 말이 통하는 분이 옆에 있어서 나는 한결 마음이 든든했다.

그때 남편은 승진시험 준비를 하고 있었다. 나는 행여 남편이 공부하는데 방해가 될까 봐 낮이나 밤이나 밖에서 우리 은주 데리고 나와 살았다.

사창리에서 우리 큰아들을 가졌을 때 입덧을 하니까 정 의원 사모님이 아침에 일어나면 대문 밑으로 호박, 야채, 아그배(산배)를 들여놓았다. 나는 임신한 줄도 모르고 감기같이 앓고 있었는데, 이웃 집 할아버지가 오셔서 내 손목 맥을 보시고 태맥胎脈이라고 하셨다. 아들이라고 했다. 그때 그 할아버지는 한의사 면허증도 없이 의원 노릇을 했지만 내가 지금껏 살아오면서 그렇게 용한 할아버지는 못 본 것 같다.

세월이 많이 지났다. 지금도 자니윤의 노래 '뜨거운 안녕' 을 들으면 옛날 사창리의 그 겨울이 생각난다.

시누이 병문안

막내 시누이가 폐암 진단을 받고 두 번째 항암치료를 받는다기에 얼굴을 보러 갔다. 병실에 들어서자 시누이 얼굴이 많이 야위었다. 머리에도 모자를 썼다. 항암치료로 인하여 머리가 뭉떵 빠져서 아예 미장원에 가서 밀었다고 한다. 시누이는 딸들의 부축을 받으며 피검사, 혈압검사를 받고 다음 절차를 기다리고 있었다. 병실 안 여기 저기에는 입원환자들은 물론 병원을 찾는 사람들도 불안에 떠는 모습들이 눈에 띄었다. 보호자들도 안타까운 마음으로 환자를 지켜보고 있는 모습들이 남의 일만 같지 않고 몹시 걱정스러웠다.

시누이 병문안

오늘은 경기도 고양시 일산에 있는 국립 암센터에 가는 날이다.

아침 일찍부터 서둘러 같은 아파트에 살고 있는 큰아들과 막내딸을 데리고 남편과 함께 집을 나섰다.

막내 시누이가 폐암 진단을 받고 두 번째 항암치료를 받는다기에 얼굴을 보러 갔다. 병실에 들어서자 시누이 얼굴이 많이 야위었다. 머리에도 모자를 썼다. 항암치료로 인하여 머리가 뭉떵 빠져서 아예 미장원에 가서 밀었다고 한다.

시누이는 딸들의 부축을 받으며 피검사, 혈압검사를 받고 다음 절차를 기다리고 있었다.

병실 안 여기 저기에는 입원환자들은 물론 병원을 찾는 사람들도 불안에 떠는 모습들이 눈에 띄었다. 보호자들도 안타까운 마음으로 환자를 지켜보고 있는 모습들이 남의 일만 같지 않고 몹시 걱정스러웠다.

평소에 건강하고 당당했던 사람들이 어느 날 갑자기 암 판정을 받고 이곳으로 온다고 하니 건강에 대하여 그 누구도 장담할 수 없는 일이다.

사람이 살면서 나는 괜찮겠지 하면서 살지만, 인간은 누가 언제 어디서무엇에 걸림돌이 될지 아무도 모르는 일이다.

죽고 사는 것이 어찌 우리 마음대로 되겠는가?

하나님이 어느 날 부르시면 가야 되는 것을……, 욕심내며 사는 것이 다 부질없는 것을……, 사람은 그것을 모르고 과욕을 부리며 산다.

재산도 목숨도 우리 마음대로 되지 않는다. 재산도 우리가 이 세상에 살고 있을 때, 잠깐 맡아 있는 것이지 영원히 내 것은 아니다. 죽으면 아무것도 가지고 가지 못하는데 아옹다옹 악다구니 쓰며 살고 있다.

사람 따라 조금씩 다르지만, 끼니마다 식전이나 식후에 한 주먹씩 약을 먹으며 살아도 금방 죽는 것도 아니고, 보약을 먹어서 지금 건강하다고 해서 영원히 오래 사는 것도 아니다.

하나님이 어느 날 부르시면 건강한 사람도 아픈 사람도 하나님 앞으로 가야 한다. 모든 것을 내려놓고 빈손으로 가야 한다. 그러므로 우리는 사는 날까지 남을 배려하고 물 한 모금 밥 한 술이라도 베풀면서 더불어 살아야 한다.

사람은 예외가 없다.

나도 양팔을 앞뒤로 흔들며 열심히 걷고 깊은 호흡 운동으로 폐를 지켜야 하리라.

나는 막내 시누이에게 위로가 될지 모르지만 이렇게 말했다.

암과 더불어 친구 삼아 강한 의지를 보이면, 암도 도망간다고 했다.

그리고 나는 막내딸과 함께 시누이를 붙들고 기도를 했다.

하루 속히 완치되어 건강한 모습으로 퇴원하기를 간절히 기도하고 아픈 마음을 다잡았다.

뽕나무 밭이 너무 멀었다

옛날에는 집집마다 요즘처럼 목욕탕이 딸린 화장실이 없었다. 아침에 일어나서 세수를 하려면 그냥 마당에서 대야에다 물을 부어놓고 세수를 했다. 세수할 때 코를 풀려면, 또 아무데나 풀면 불호령이 떨어졌다. 우리는 세수를 하다 말고 거짓말 좀 보태서 십리는 되는 뽕나무 밭으로 가서 코를 풀고 와서 세수를 마저 해야 했다. 그런데 뽕나무밭이 너무 멀었다. 그뿐만이 아니다. 아녀자는 아침에 남자 앞으로 싹 건너가지 말라고 말씀하셨다.

뽕나무 밭이 너무 멀었다

어릴 적부터 엄하신 우리 어머니는 비 오는 날 마당 가운데로 다니면 불호령이 떨어졌다. 마당가에 있는 돌을 밟고 다녀야지…, 비 온 뒤에 마당에 발자국을 내면 보기가 싫다고 하셨다.

그리고 학교 갈 때 입는 옷과 집에서 입는 옷이 달랐다. 깨끗한 새 옷은 학교에 갈 때 입고 학교에서 돌아오면 집에서 입는 옷으로 갈아입고 놀아야 했다. 댓돌 위에 신발도 가지런히 벗어 놓아야 했다.

또 옛날에는 집집마다 요즘처럼 목욕탕이 딸린 화장실이 없었다. 아침에 일어나서 세수를 하려면 그냥 마당에서 대야에다 물을 부어놓고 세수를 했다. 세수할 때 코를 풀려면, 또 아무데나 풀면 불호령이 떨어졌다.

우리는 세수를 하다 말고 거짓말 좀 보태서 십리는 되는 뽕나무 밭으로 가서 코를 풀고 와서 세수를 마저 해야 했다. 그런데 뽕나무밭이 너무 멀었다.

그뿐만이 아니다. 아녀자는 아침에 남자 앞으로 싹 건너가지 말라고 말씀하셨다. 또 누구든지 어른이 주시는 것은 두 손으로 받아야 하고 모르는 분이라도 동네 어르신을 만나면 공손히 인사를 해야 한다고 했다. 너무나 엄격한 어머니의 가르치심이 어릴 적에는 귀찮고 별스럽다고까지 생각했다. 그러나 내가 어른이 된 후 가정교육이 사람 사는 데 얼마나 중요한지 깨닫게 되었다.

지금은 아이들을 많이 낳지 않고 슬하에 하나나 둘 정도 있으니 얼마나 귀엽겠는가? 그러나 내 자식은 내가 귀엽다. 버릇없는 남의 자식은 예쁘게 보일 리가 없다. 음식점에서 아이들이 안하무인으로 떠들어대도 아랑곳하지 않는 젊은 부모가 있다.

한 예로 백화점에 있는 마네킹에 입혀 놓은 옷에 어떤 아이가 아이스크림을 묻혀 놓으니 백화점 종업원이 사색이 되어서 울상을 지으니까 그 아이 엄마는 아이를 나무라지 않고 '변상하면 될 게 아니냐' 고 큰 소리다.

또 길을 가다가 보면 자동차 뒷자리 유리창에 'baby in car' 라고 써 붙인 차도 있고, '귀여운 내 새끼가 타고 있어요' '내 까칠한 내 새끼가 타고 있어요' 라고 쓴 차도 심심찮게 볼 수가 있다. 요새 젊은이들의 자녀 교육이 문화적으로나 과학적으로 더 잘 가르치고 있겠지만, 앞날을 생각하면 걱정을 아니 할 수 없다.

아파트 엘리베이터 안에서 젊은 사람이나 아이들이 말똥말똥 쳐다보고 인사는 고사하고 핸드폰에 머리를 박고 있다.

가뭄에 콩 나듯 인사하는 학생이 있다. 정말로 귀엽고, '너는 가정교육을 잘 받고 있구나' 생각한다. 어르신들에게 인사하는 어린아이는 귀엽고 머리 한 번 쓰다듬어 주고 싶다.

나는 우리 손녀들에게 어른들을 보면 어디서나 인사하라고 가르친다.

옛날에 어머니께서 우리가 세수할 때 멀리 있는 뽕나무 밭에 가서 코를 풀라고 가르치셨던 그 교훈은 나이 팔십에 이른 지금도 내 마음에 깊이깊이 보석보다도 더 값진 교훈으로 새기고 있다.

보고 싶은 아버지

아버지께서 목욕탕 안에 있는 큰 솥단지에 참외를 가득 사다 놓으시면 맛있는 것부터 하루 종일 어머니를 비롯해서 식구들이 밥은 안 먹고 참외만 먹으니 오줌만 누고 나중에는 어지럽고 붓기까지 했던 기억이 난다. 서울에서 대학 다닐 때, 지금의 회현동에 있는 신세계백화점이 예전에는 동화백화점이었다. 서울에 오셔서 그 곳에 가서 옷도 사 주시고 을지로 입구에 있는 내무부 뒤편에 아서원이란 중국집에서 울면도 사주시곤 했다. 또 종로1가 화신백화점 건너편에 신신백화점에서 맛나당 단팥죽도 사주셨던 기억도 바로 엊그제같이 생생하다.

보고 싶은 아버지

숨통이 턱턱 막히는 한여름, 1960년 음력 팔월 초사흘!

청천벽력 같은 아버지의 별세 소식을 서울에서 받았다.

정신없이 집에 내려간 나는 아버지의 시신 앞에서 기절을 하고 말았다. 나중에 눈을 떠보니 온몸에 물이 뿌려져 있고 의사가 왕진을 왔다.

알고 보니 내가 아버지 방에서 쓰러져서 떠메고 나오자 때마침 곁에 있던 지금의 남편이 총각시절에 한 달음에 달려가서 의사를 모시고 왔다고 했다.

내가 아버지 방에서 나오고 난 뒤 정을 떼려고 그러는지 다시는 그 방에 들어가기가 싫었다.

내 나이 22살이었고, 내 여동생은 19살이고, 내 남동생은 중학교 2학년이었다. 어린 내 남동생이 4일장을 치르는 동안에 얼마나 상주 노릇을 잘 하던지 밤에는 어른들이 데려다가 잠을 재우곤 했다.

그때 아버지의 나이 쉰 살이셨다. 아무리 고령화 시대가 아니라지만 너무 일찍 세상을 떠나신 아버지 앞에서 나는 망연자실했었다. 정치를 하시고 한 때 외몽고의 서울인 장가구에서 독립운동을 하시며 이범석 장군에게 군자금을 대주셨던 아버지시다.

해방 후에 민의원 의원으로 제헌국회의원을 지내셨다. 그때 철기 이범석 장군과는 가까운 사이였다. 이범석 장군은 어느 날 수행원들과 함께 우리 집에 오셔서 주무셨던 기억이 난다.

우리 아버지께서 국회의원 출마를 계속 하시다 보니 가정이 어려워졌다. 민도가 낮은 옛날에 인물과 자격은 뒷전인 세상에서 낙선의 패배를 맛보셨다.

아버지께서는 그런 상황에서도 큰 딸인 나를 끔찍이도 사랑하셨다. 고등학교 다닐 때 학교 갔다 오면 책상 밑에 따끈한 국화빵이 있었다.

또 온 식구가 참외를 좋아했다. 아버지께서 목욕탕 안에 있는 큰 솥단지에 참외를 가득 사다 놓으시면 맛있는 것부터 하루 종일 어머니를 비롯해서 식구들이 밥은 안 먹고 참외만 먹으니 오줌만 누고 나중에는 어지럽고 붓기까지 했던 기억이 난다.

서울에서 대학 다닐 때, 지금의 회현동에 있는 신세계백화점이 예전에는 동화백화점이었다. 서울에 오셔서 그 곳에 가서 옷도 사 주시고 을지로 입구에 있는 내무부 뒤편에 아서원이란 중국집에서 울면도 사주시곤 했다. 또 종로1가 화신백화점 건너편에 신신백화점에서 맛나당 단팥죽도 사주셨던 기억도 바로 엊그제같이 생생하다.

옛날에는 고등학교 교복 바지를 숯불 다리미로 일일이 다릴 수가 없어서 요 밑에다 깔고 자면 반듯하게 줄이 선다. 그 줄이 선 바지를 입고 학교를 다니곤 했다.

나는 식성도 아버지를 닮았고 얼굴도 아버지를 많이 닮았다고 한다.

대범하여 꺾어지기는 해도 휘어지지 않는 곧은 성격의 우리 아버지이지만 나에게는 자상하고 근사한 아버지셨다.

아버지가 돌아가시자 온 세상이 다 무너지는 듯 슬펐다. 서산 양유정에서 사회장으로 장례를 치렀다. 만장이 160개가 넘었고, 앞에 상여와 뒤에 빈 상여가 동지들의 손에 흰 천으로 길게 늘어지게 잡고 장지까지 갔던 기억이 엊그제같이 눈에 선하다.

아버지!

오늘 밤은 잠이 오지 않네요. 이 생각 저 생각으로 밤이 깊어가고 있네요. 그런데요. 제가 이 늦은 나이에 詩로 등단해서 시인도 되고, 수필로도 등단해서 수필가도 되었답니다. 시집 '울음산' 을 펴냈고요, 수필집 '장독대' 도 펴냈습니다. 그리고 요즈음은 제2 수필집을 준비 중에 있습니다. 칭찬 좀 해 주세요.

꿈에라도 뵙고 싶은데 한 번도 꿈에 뵈올 수가 없네요.

보고 싶습니다. 아버지! 어머니!

5부

⋮

큰아들 입대하고 나서
작은아들 군대에 가다
작은아들 유학 도정
우물을 판 여자
내 남동생

⋮

큰아들 입대하고 나서

큰아들이 입대통지서를 받고 논산훈련소에 갈 때 우리 집 식구들이 총동원됐다. 연병장에 많은 청년들이 머리를 깎고 모여 있었다. 입대식이 끝나고 우리들은 집으로 돌아왔다. 그 얼마 만에 아들이 입던 옷이 소포로 도착했다. 나는 옷을 보는 순간 눈물이 왈칵 쏟아졌다. 그리고 세탁기에 올려놓고 한 달을 빨지 못했다. 내 아들의 체취가 묻어 있는 옷을 차마 빨 수가 없었다. 그 때서야 '이런 마음이었구나!' 하고 나보다 일찍 군대 보낸 어머니들의 마음을 헤아릴 수 있었다.

큰아들 입대하고 나서

하늘이 높고 짙푸른 것을 보니 가을인가 보다. 길가에 코스모스가 한들한들 손짓을 하고 더위도 한 풀 꺾였다. 낮에는 뜨거운 햇볕이 내려 곡식들이 여물기 좋은 날씨다.

아침저녁으로 서늘한 바람이 불어와서 지친 마음을 어루만져주는 듯 휴식을 취할 수 있는 기온이다.

한때 이웃에서 아들 군인 간다고 울고불고 하는 것을 보았다. 대한민국에서 남자로 태어나면 당연히 의무적인 나라의 부름을 받는 것이 어찌 울고불고 할 일인가? 생각했다.

아들이 있으니 군대도 보내야 한다는 것이 나의 마음에도 담담하게 자리 잡고 있었다. 그런데 막상 내 아들이 군대를 간다니 마음이 심란하고 일이 손에 잡히지 않았다.

우리 큰아들은 대학을 졸업하고 대학원 과정에서 입대를 했다. 큰아들이 입대통지서를 받고 논산훈련소에 갈 때 우리 집 식구들이 총동원됐다. 연병장에 많은 청년들이 머리를 깎고 모여 있었다. 입대식이 끝나고 우리들은 집으로 돌아왔다.

그 얼마 만에 아들이 입던 옷이 소포로 도착했다. 나는 옷을 보는 순간 눈물이 왈칵 쏟아졌다. 그리고 세탁기에 올려놓고 한 달을 빨지 못했다. 내 아들의 체취가 묻어 있는 옷을 차마 빨 수가 없었다. 그 때서야 '이런 마음이었구나!' 하고 나보다 일찍 군대 보낸 어머니들의 마음을 헤아릴 수 있었다.

아들이 교육을 받은 후, 처음으로 면회 오라는 날짜에 맞추어 우리는 온 식구들이 나섰다. 맛있는 음식을 해 가지고 면회를 갔다. 논산훈련소 면회 장소에는 면회 온 부모들로 장사진을 이루었다.

드디어 아들을 만났다. 나는 그새 홀쭉해진 아들을 보자 눈물이 비오듯 했다. 키 크다고 맞고, 잘 생겼다고 맞고, 나이도 저보다 어린 후배들이 먼저 입대하여 상사랍시고 군기를 잡는다는데 꼼짝없이 맞을 수밖에 없었다고 한다.

아들이 군대 갈 때 내가 당부했던 말이 생각났다. 참을 인忍자 세 번이면 살인도 면하느니라. 부디 명심하고 엄마 얼굴을 떠올려라 했던.

아들이 선임하사라고 소개를 했다. 우리는 그에게 우리 아들 잘 부탁한다고 했다. 그가 간 뒤에 아들이 하는 말이 '저 애가 저를 그렇게 때렸다' 고 했다.

얼마간의 교육을 받은 우리 아들은 의경으로 배치되었다. 경찰학교에서 3개월 교육 받고 경기도 비행장에서 근무했다.

세월이 지나 제대하고 결혼해서 이제는 어엿한 세 아이의 아빠로 내년이면 50이 된다.

오늘 문득 지난날을 생각하며 망중한이다.

작은아들 군대에 가다

논산훈련소에 갔더니 늠름한 대한민국의 아들들이 머리를 깎고 모여 있었다. 그 많은 까까머리들이 상급자의 구령에 따라 움직이고, 멀리서 바라보는 가족들의 애틋한 마음은 어디에도 비할 수 없었다. 큰아들이 대학 졸업하고 군에 갔을 때 너무 맘고생을 했기 때문에 작은아들은 대학 2학년 마치고 휴학하고 입대했다. 하루라도 빨리 군복무를 마치는 것이 좋을 것 같아서 입대를 서두른 것이다. 제 형이 늦게 입대를 해서 나이 어린 상급자에게 괴롭힘을 당한 경험이 있어서 작은아들은 일찍 입대를 했다.

작은아들 군대에 가다

1990년 11월 8일, 온 산야가 단풍이 곱게 물들고 아침저녁 날씨가 제법 쌀쌀하다. 오늘은 우리 작은아들이 군에 입대하는 날이다. 제 고등학교 동창생 배운길이랑 같이 간다.

우리 식구들은 모두 논산훈련소까지 갔다. 제 누나도 두 달 전에 결혼하여 바쁜 중에도 틈을 내어 같이 갔다. 할머니, 막내딸, 아들 여자친구까지 같이 갔다.

논산훈련소에 갔더니 늠름한 대한민국의 아들들이 머리를 깎고 모여 있었다. 그 많은 까까머리들이 상급자의 구령에 따라 움직이고, 멀리서 바라보는 가족들의 애틋한 마음은 어디에도 비할 수 없었다.

큰아들이 대학 졸업하고 군에 갔을 때 너무 맘고생을 했기 때문에 작은아들은 대학 2학년 마치고 휴학하고 입대했다. 하루라도 빨리 군 복무를 마치는 것이 좋을 것 같아서 입대를 서두른 것이다. 제 형이 늦게 입대를 해서 나이 어린 상급자에게 괴롭힘을 당한 경험이 있어서 작은아들은 일찍 입대를 했다.

그날 작은아들과 함께 입대한 운길이가 내게 말했다. 작은아들 창수한테 편지할 때 저에게도 편지를 해 달라는 부탁을 받았다. 어머니가 계셨지만 편지할 형편이 아니었다. 나는 그때 운길이하고 약속을 했기 때문에 내 아들한테 편지를 할 때마다 운길이에게도 꼭 편지를 썼다. 딱히 할 말은 없고, 건강하게 잘 지내라는 내용이 전부였지만, 모든 사람들이 내무반에서 편지를 받아서 읽을 때 운길이만 빠지는 것이 안 되어서 내 아들 생각하고 꼭꼭 챙겼다.

얼마쯤 지나서 작은아들에게서 면회 오라는 편지가 왔다. 우리는 온 식구가 나섰다. 아들 여자 친구까지 데리고 면회를 갔다. 고기랑 여러 가지 음식을 장만해서 가지고 갔다. 평소에 아들이 좋아하는 우거지에 낙지를 넣고 지진 것을 가지고 가서 부르스타에 데워 먹였더니 어찌나 잘 먹던지! 같이 간 사람들이 왜 고기 젖혀 놓고 우거지를 먹느냐고 비아냥거리기도 했다. 운길이도 불러서 함께 먹였다.

아들이 1차 훈련을 마치고, 2차로 가평 운전교육로에서 훈련을 받을 때도 면회를 갔다.

그때 내가 화장실에 가려는데 저만치에서 장병들이 소대쯤 오고 있었다. 똑 같은 군복을 입어서 누가 누군지 알 수가 없었다. 나는 그들을 바라보면서 맘속으로 우리 아들도 저 속에 있는가? 하고 쳐다보는

데, 그 대열 속에서 "엄마!" 하고 귀에 익은 목소리가 들렸다.

순간 나도 모르게 "어머! 우리 아들 목소리네" 하면서 얼떨결에 '우리 애기' 라고 했더니 그 군인들이 '우리 애기' 란다, 하면서 놀림을 받기도 했다. 훈련을 다 받고 육군본부로 배치를 받은 우리 아들은 준장 차를 운전하게 되었다.

군대 가기 전 운전을 배운 덕에 여러 장성들을 모셨다. 연합부사령관 김재창 장군도 모셨다. 그리고 제대 후에 김재창 장군은 우리 아들 결혼식 주례까지 맡아 주셨다. 후에 우리 아들은 미국에 가서 다시 대학교 대학원 박사까지 받고, 지금은 메인주에 있는 뱅고대학에서 교수로 있다. 며느리도 박사로 연구실에서 근무하고 있다. 그리고 김재창 장군과의 교분은 20년이 넘은 오늘까지 지속하고 있다.

이제 늘그막에 우리 부부뿐이지만 작은아들만 빼고 큰아들 가족과 두 딸 가족은 지금 나의 레이더망에서 살고 있으며, 특별한 때가 아니어도 우리는 아이들과 식구들이 자주 모여서 맛있는 음식 해 먹으며 즐겁게 살고 있다.

작은아들 유학 도정道程

여름방학 때 남편이랑 프레스카일에 갔다. 방학이라 학생들이 모두 집에 갔다. 우리는 아이들이 없는 빈방에서 보름 동안 있으면서 그곳 교수들과 지방유지 몇 분 초대해서 가든파티를 했다. 김치, 불고기, 잡채, 주로 한국요리를 해서 대접을 했다. 내가 요리를 준비하는 동안 미국 교수가 반바지 차림으로 불도 피우고 고기도 굽고 권위의식 없이 우리를 도우면서 함께 요리를 했다. 김치도 잘 먹고 다른 음식도 맛있다고 고개를 끄덕이면서 즐기기에 기분이 좋았다. 뿐만 아니라 김치를 싸달라고 해서 잘 포장해 주었다.

작은아들 유학 도정道程

1994년 1월 30일, 우리 둘째 아들 창수가 결혼을 했다.

육군본부에서 김재창 장군의 주례로 결혼을 하고 목련이 흐드러지게 핀 4월에 유학을 가기 위해서 미국행 비행기에 올랐다.

창수는 대학 2년 마치고 군대 제대하고 복학을 하지 않고 토풀시험에 합격해서 미국 대학으로부터 입학 허가가 나와서 어떤 학교를 선택해야 할지 현지답사차 가게 된 것이다.

나는 아들과 며느리를 데리고 난생 처음 미국행 비행기에 올랐다. 우리 아들이 아는 미국인 교수의 소개로 미네소타주에 가기 위해서 미네아폴리스 비행장에 내려서 미네소타주의 호텔에 여장을 풀었다.

그곳은 쇼핑몰이 세계에서 제일 크다고 했다. 인디언 풍이 깃들어 있는 곳이었다. 그곳에서 한국 교포를 만나서 저녁을 먹기 위해 밥만 사가지고 호텔로 갔다. 한국에서 가지고 간 김과 고추장으로 밥을 먹고, 이튿날 렌트를 해서 위스콘신에 있는 대학을 찾아갔다. 가서 우리가 온 목적을 이야기했더니 학교의 이모저모를 안내해 주었다. 그리고 운 좋게 한국인 교수를 만나서 자세한 이야기를 주고받았다.

목축업이 생활의 전반을 차지하는 그곳에서 이틀 밤을 자고, 메인주로 가기 위해 보스톤으로 가서 프레스카일에 가는 경비행기를 탔다. 그 경비행기는 작다. 스튜어디스도 없고 기장 하나뿐이었다. 승객은 20명 정도였다. 마치 우리나라의 마을버스 같은 느낌의 비행기였다.

비행기에서 내리자 눈이 지붕에 닿을 만큼 쌓였다. 4월인데도 말이다. 메인주는 미국에서 가장 작은 주이며, 우리나라 남한 정도 크기라 한다.

저녁이 되어 가까스로 중국음식점을 찾아 들어갔다. 이름도 모르는 것을 시켜 먹고 근처 호텔에서 하루를 보내고 다음 날 학교로 갔다. 교무과 직원이 나와서 우리를 안내하며 수업중인 교실에 가보기로 했다.

교수가 한 분 앉아 계시고 학생들은 열 명 남짓 앉아 있었다. 우리는 마치 청강생처럼 뒤에 가서 앉았다. 나는 물론 알아들을 수도 없지만, 분위기로 보아서 학생들이 자유스러워 보였다. 학생 하나가 앞에 나가서 열심히 설명을 하고, 음료수를 마셔가며 모자도 쓴 채로 자유스러운 분위기였다. 학생 설명이 끝난 뒤에 교수가 보충 설명을 하는 정도로 수업이 끝났다.

잠시 후, 교수가 아들에게 말을 알아들을 수 있느냐고 물었다. 아들은 80퍼센트 정도 알아들을 수 있다고 답하자 고개를 끄덕이며 랭귀지 코스는 생략하고 썸머스쿨로 들어와서 학교를 다니라고 했다.

우리가 며칠 머무는 동안 보아하니 그곳은 춥고, 흑인들이 없고, 한국 사람도 없고, 공부하는 데 등록금도 저렴하고, 여러 가지 조건이 맞는 것 같았다.

점심시간에는 교수들이 뷔페로 안내도 하고, 친절하며 저녁에는 연극 구경도 관람할 수 있었다. 우리는 그 학교로 결정을 하고 돈이 없으니 기숙사에서 제 처랑 함께 아르바이트 하면서 지내기로 했다.

두 사람은 학교에서 잔디도 깎고 접시도 닦으며 열심히 공부했다.

대학 입학식 날, 마침 그곳 유지인 미국인 어머니를 만나게 되는 행운도 있었다. 얼굴색이 다른 우리 아들을 본 미국인 어머니가 어디에서 왔느냐고 묻고, 한국에서 왔다고 하자 가족사항 모든 걸 묻고 나서, 두 어머니가 나이도 같고 하니 자기가 수양어머니가 되겠다고 했다. 수양아들이 된 창수는 그 분의 도움을 많이 받으면서 학교를 다녔고, 지금까지 왕래하며 지내고 있다.

그 해 여름방학 때 남편이랑 프레스카일에 갔다. 방학이라 학생들이 모두 집에 갔다. 우리는 아이들이 없는 빈방에서 보름 동안 있으면서 그곳 교수들과 지방유지 몇 분 초대해서 가든파티를 했다. 김치, 불고기, 잡채, 주로 한국요리를 해서 대접을 했다.

내가 요리를 준비하는 동안 미국 교수가 반바지 차림으로 불도 피우고 고기도 굽고 권위의식 없이 우리를 도우면서 함께 요리를 했다. 김치도 잘 먹고 다른 음식도 맛있다고 고개를 끄덕이면서 즐기기에 기분이 좋았다. 뿐만 아니라 김치를 싸달라고 해서 잘 포장해 주었다.

그 몇 년 뒤에 우리 내외가 미국에 있는 수양어머니의 초대를 받았다. 그곳은 감자 농사로 유명한 곳이다. 수양어머니도 어마어마한 감자 농사를 짓고 있었는데 감자창고까지 기차가 들어가게 선로가 놓여 있고, 부로콜리 밭도 엄청나게 넓었다.

창수가 어렸을 때, 우리 집은 외국에 사는 친척이 없느냐고 남의 아이들을 많이도 부러워했던 생각이 난다. 그 때는 본인이 외국에서 살

줄은 꿈에도 몰랐으리라. 오랜 세월 나름대로 고생도 많이 했지만, 지금은 저희들 자리 잡고 있으니 이 모든 것이 하나님 은혜인 것 같다.

지금도 나는 밤마다 아이들 위해 기도를 하고 있다. 내가 할 수 있는 것은 아무것도 없다. 눈 뜨면 자식 걱정, 늙은 우리 내외 걱정뿐이다.

그러나 걱정으로 되는 것은 아무 것도 없다. 무엇이든지 긍정적으로 생각하는 삶이 중요하다고 보며 오늘도 감사하며 산다.

우물을 판 여자

몇 년이 흐른 뒤 친정에 갔더니 정원 옆에 우물이 있었다. 나는 반갑기도 하고 깜짝 놀랐다. 알고 보니 여동생이 그랬다. 어머니가 며칠 집을 비운 사이에 여동생이 큰 마음 먹고 동네에서 물길 아는 할아버지를 모셔다가 검수하고 우물을 팠다고 했다. 이웃에 사는 내 수양아버지의 쌍둥이 아들 오선동, 오후동이를 시켜서 우물 파는 것을 시도했다고 했다. 땅을 파고 건우물을 퍼내니 속에서 맑은 물이 솟았는데 물맛이 좋고 맑아서 돌을 쌓고 시멘트로 잘 마무리했다고 한다. 겨울에는 따뜻한 물이 나오고 여름에는 시원한 물이 나와서 멀리 물 길러 가는 일없이 집에서 편하게 물 길어먹고 산다고 했다.

우물을 판 여자

옛날에 집집마다 우물이 없던 시절에는 공동우물이 있었다.

동네 한가운데에 우물을 파놓고 물을 길어다 먹었다.

그 때 우리 집에는 머슴들이 두멍 가득 물을 길어다 주어서 물에 대하여는 아쉬움 없이 살았다.

공동우물가는 아낙네들의 일터다. 보리쌀 열무 생선 감자껍질 까는 일까지 모든 것을 공동우물가에서 했다.

아낙네들이 공동우물가에 앉으면 이야기를 많이 해서 서로의 가정 형편을 훤히 알게 된다.

누구네 집 사발이 몇 개인지 수저가 몇 개인지도 다 알게 된다.

또 말을 하다 보면 보태서 전하기도 하고 싸움으로 번질 때가 있다.

그래도 이웃끼리 작은 것이라도 나누어 먹으며 살던 소박한 인심이 나는 좋았다.

김치를 담는 날이면 누구네 보리쌀 삶은 물 달라고 해서 미리 주문하면 가져다가 국물을 부어 김치를 마무리했다. 그러한 인심은 시골이 아니면 느끼지 못한다. 어려서 물 걱정 안 하고 살던 우리 집은 6.25사변 이후, 가정 경제가 어려워서 머슴들을 다 내보내고 우리가 직접 물을 길어다 먹어야 했다.

내가 처음에 물지게를 지어보니 서툴러서 앞으로 출렁 옆으로 출렁, 출렁출렁 엎질러져서 반 밖에 안 남은 물통을 지고 몇 번씩 왕래를 하곤 했다. 공동우물이라 부지런하지 않으면 물이 딸려서 어떤 날은 앞집 노실네로 물을 길러 가곤 하였다.

노실 할머니는 우리를 어여삐 여겨서 물 길어가는 것을 허락하셨다. 걱정 말고 물 길어가라고 하셨다. 그래도 남의 집이라 해지기 전에 물을 길러 가야 했다. 물을 오래 긷다 보니 요령이 생겨서 나중에는 물을 하나도 흘리지 않고 잘 다녔다.

그런데 의문이 있었다. 우리 집은 왜 우물을 파지 않고 살았는지. 무슨 이유로 우물을 파지 않고 그 고생을 하며 살았는지 궁금했다. 원래 우리 집은 우물을 팔 수 없나 보다 생각하기도 했다.

내가 시집을 가게 되자 내 여동생이 물 긷는 것을 맡았다.

몇 년이 흐른 뒤 친정에 갔더니 정원 옆에 우물이 있었다. 나는 반갑기도 하고 깜짝 놀랐다.

알고 보니 여동생이 그랬다. 어머니가 며칠 집을 비운 사이에 여동생이 큰 마음 먹고 동네에서 물길 아는 할아버지를 모셔다가 검수하고 우물을 팠다고 했다. 이웃에 사는 내 수양아버지의 쌍둥이 아들 오선동, 오후동이를 시켜서 우물 파는 것을 시도했다고 했다.

땅을 파고 건우물을 퍼내니 속에서 맑은 물이 솟았는데 물맛이 좋고 맑아서 돌을 쌓고 시멘트로 잘 마무리했다고 한다. 겨울에는 따뜻한 물이 나오고 여름에는 시원한 물이 나와서 멀리 물 길러 가는 일없이 집에서 편하게 물 길어먹고 산다고 했다.

내 여동생의 일대 혁명으로 우물을 팠던 것이다. 냉장고가 없던 시절, 우물에 수박도 끈으로 매달아 놓고, 김치통도 넣어놓으면 지금의 냉장고 역할을 했다.

그 후 한여름에 친정에 가보니 샘물이 철철 넘쳐서 큰 함지에 물을 받아 햇볕에 내놓은 것을 보았다. 알고 보니 태양열로 따끈따끈해진 그 물로 샤워를 한다고 했다.

이제 오랜 세월 우물 없이 고생하고 살았던 시간은 추억이 되고 내 동생의 일대 혁신으로 우물을 팠던 용기에 박수를 보낸다. 내 여동생은 우물을 판 여자다.

내 남동생

내 남동생은 학교에서 수업이 끝나고 집으로 갈 때면 항상 진수네 집 뒷담 굴뚝에 서있었다. 거기서 우리 두 누나를 기다리고 있다가 함께 집으로 갔다. 내 동생은 어머니가 예쁘게 만들어 주신 한복에 분홍 두루마기까지 입고 서서 우리 두 누나를 기다리는데 얼마나 예쁘고 사랑스럽던지…. 특히 그 길은 가을이면 아름다운 코스모스가 피어서 한들한들거리며 우리를 반기는 길이기도 했다.

한편 내 남동생에겐 할머니도 말을 놓지 않았다. 우리 할머니는 어린 손자에게도 해라를 않고 "우리 아기 어디 갔다 오시나" 했다. 우리 남동생은 온 집안 어르신들이 절(寺)에 가서 지성을 드리고, 온갖 정성을 다하여 얻은 남동생이라 귀하디귀하게 키웠다.

내 남동생

하늘이 맑고 푸르다. 가을인가 보다. 아침저녁으로 제법 서늘하고 낮에는 뜨거운 햇볕이 쏟아져서 곡식이 잘 익어가고 있다.

내가 10살 때다. 내 여동생이 7살이고, 그 밑에 남동생이 2살 난 애기였다. 그 때 그 시절에는 집집마다 화장실이 멀리 있었다. 그래서 밤이면 방에다 요강을 들여놓았다.

어느 날 자다가 오줌이 마려워서 일어났다. 요강에 오줌을 누고 잠결에 눈을 뜨니, 우리 방문 앞이 온통 불바다였다. 깜짝 놀란 나는 비몽사몽 중에 우리 집이 불난 것 같아서 여동생을 깨우고 자는 남동생을 들쳐 업고 마당으로 나왔다.

밖에는 아수라장이었다. 많은 사람들이 웅성거리고 바쁘게 움직이고 있었다. 대야, 바가지, 크고 작은 그릇이라는 그릇은 다 가지고 나와서 우물물과 개울물을 퍼다가 불을 끄고 있었다. 그 때는 불자동차도 없는 시절이었다.

나는 잠결에 대문으로도 못 나가고, 울타리 사이 개구멍으로 남동생을 업고 여동생 손을 잡고 밖으로 나와 보니 앞집 노실네 집에 불이 붙었다. 나는 그때서야 우리 집에 불이 난 것이 아님을 알았다.

나는 두근거리는 가슴을 진정하면서 한숨 돌렸다. 무엇보다도 우리 집에서 귀하게 여기는 내 남동생이 염려되었던 것이다.

놓으면 깨질세라 불면 날아갈세라 애지중지하던 남동생을 꼭 살려야 한다는 일념에서 어린 내 마음에도 그를 업고 울타리로 빠져 나왔던 것이다.

내 남동생은 학교에서 수업이 끝나고 집으로 갈 때면 항상 진수네 집 뒷담 굴뚝에 서있었다. 거기서 우리 두 누나를 기다리고 있다가 함께 집으로 갔다. 내 동생은 어머니가 예쁘게 만들어 주신 한복에 분홍 두루마기까지 입고 서서 우리 두 누나를 기다리는데 얼마나 예쁘고 사랑스럽던지….

특히 그 길은 가을이면 아름다운 코스모스가 피어서 한들한들거리며 우리를 반기는 길이기도 했다.

한편 내 남동생에겐 할머니도 말을 놓지 않았다. 우리 할머니는 어린 손자에게도 해라를 않고 "우리 아기 어디 갔다 오시나" 했다. 우리 남동생은 온 집안 어르신들이 절(寺)에 가서 지성을 드리고, 온갖 정성을 다하여 얻은 남동생이라 귀하디귀하게 키웠다.

이제 내가 팔십을 바라본다. 그 귀여운 내 남동생도 이제 70이라는 나이가 되어 손자 손녀 보는 할아버지로 늙어가고 있다.

요즘은 전화로 메일로 우리 삼남매 안부 전하면서 늘그막에 서로의 건강을 빌며 잘 살아가고 있다.

6부

⋮

여자가 코가 크면
귀농의 즐거움
호박꽃
기다려지는 장날
내 친구 오의환
내 친구 최선녀

⋮

여자가 코가 크면

아직 어려서 팔자가 무슨 뜻인지 설마 알고 하는 말은 아니겠지만, 할머니의 말씀이라 좋지 않은 것인가 보다 생각하고 응가할 때마다 코를 누른다고 했다. 어린아이가 팔자 운운하니까 웃음이 나오고 넌센스가 따로 없다고 생각했다. 사전에 보면, 팔자란 사람의 한평생의 운수를 말하고 있다. 팔자가 좋다. 팔자가 늘어진다. 즉 근심걱정이 없고 사는 것이 편안하다. 또 팔자가 세다는 것은 험악한 운명을 타고났다는 말이다.

여자가 코가 크면

우리 막내딸이 네 살인가 다섯 살인가 할 때다. 어느 날 막내딸이 화장실에서 응가를 하면서 손으로 코를 누르고 있는 것을 보고 "너 왜 그렇게 코를 손으로 누르고 있느냐" 물었더니, "엄마! 할머니가 그러시는데 여자는 코가 크면 팔자가 사납대, 그래서 내가 코를 누르고 있어" 했다.

아직 어려서 팔자가 무슨 뜻인지 설마 알고 하는 말은 아니겠지만, 할머니의 말씀이라 좋지 않은 것인가 보다 생각하고 응가할 때마다 코를 누른다고 했다. 어린아이가 팔자 운운하니까 웃음이 나오고 넌센스가 따로 없다고 생각했다.

사전에 보면, 팔자八字란 사람의 한평생의 운수를 말하고 있다.

팔자가 좋다. 팔자가 늘어진다. 즉 근심걱정이 없고 사는 것이 편안하다. 또 팔자가 세다는 것은 험악한 운명을 타고났다는 말이다.

그 외에도 팔자땜이라 하여 사나운 팔자를 어떤 어려운 일로 대신하여 때움을 말하고, 팔자소관八字所關이라 하여 타고난 운수로 말미암아 어쩔 수 없이 당하는 일, 모든 일을 팔자소관으로 돌리고 마음 편히 산다는 뜻이다.

어른들이 하는 말은 아이들에게 알게 모르게 영향을 미친다는 것을 알아야 하리라. 보는 것 듣는 것 사소한 행동 하나하나 모든 것을 조심해야 한다고 느꼈다.

막내딸은 언니 하나와 오빠가 둘이 있어서 뒤꽁무니 따라다니며 울고 떼쓰고 하면서 그 틈바구니에서 자랐다. 막내딸은 나에게 노산이었다. 많이 힘들었지만 세상의 어떤 기쁨이 자식 태어남보다 크겠는가. 힘겨운 삶속에서도 아이들을 바라보면 기운이 솟는 것을…….

막내라고 특별히 생각하지 않았지만, 그래도 마음 속에 늦둥이라 귀여움을 독차지했다. 제 오빠 언니는 못 다녔던 유치원도 다녔다. 유치원에서도 키가 제일 컸고 코도 컸다. IQ도 제일 높았다.

날마다 커가는 막내딸을 보면서, 푸른 하늘에 희망을 걸었다.

어느 날 뽀송한 얼굴에 스킨을 두드리고 립스틱을 바르고 난 막내딸 볼에 장밋빛 꽃물이 들더니 남자 친구가 생겼다. 두 사람은 연애해서 결혼하여 아들 하나 낳아 잘 키우면서 우리 아파트 뒷동에서 살고 있다.

딸이 눈앞에 살고 있으니 나는 날마다 내려다보고 차가 있으면 들어왔나 보다, 차가 없으면 나갔나 보다, 하며 살고 있다. 한 가지 좋은 점은 가까이 살고 있으니까 서로의 안부 걱정이 없다. 멀리 떨어져서 살면 시시로 문득 문득 서로의 안부가 얼마나 궁금할까?

지금은 아파트 한 단지 안에 큰아들까지 살고 있어서 주말에 자주 모이는 편이다

막내딸은 교회 다니는 가정으로 시집을 가서 신앙생활도 착실하게 하고 우리까지 전도해서 믿음생활을 하고 있다.

막내딸은 내 마음의 지주다. 신앙적으로 많은 위로를 받고 있으며 또 남을 위해서 기도도 열심히 하고 남편 섬기며 잘 살고 있다. 여자가 코가 크면 팔자가 사납다고 하셨던 할머니 말씀과 상관없이 행복하게 잘 살고 있다.

귀농의 즐거움

뒤뜰 한 편에 채소밭을 일구어 놓고, 감자 고구마 상추 고추 쑥갓 그리고 가을 김장철을 대비해서 무 배추 알타리를 심어 놓고, 때마다 편하게 찬을 준비하여 밥상에 올린다 하니 얼마나 좋을까? 우선 싱싱한 채소를 먹으므로 몸도 마음도 건강해지는 것 같았다. 그 채소밭 너머로 과일나무가 줄서 있다. 앵두나무를 비롯해서 살구나무 복숭아나무 사과나무가 있어서 가족들의 간식거리도 되지만, 오시는 분들에게 조금씩 선물도 할 수 있는 기쁨이 있어서 전원생활의 멋이라고 생각했다.

귀농의 즐거움

유 서장署長이 귀농을 했다.

유 서장은 내 남편과 함께 같은 직장에서 근무하다가 퇴직을 하고 고향인 충주에다 전원주택을 마련하였다. 그리고 가끔 지인들을 초대하여 귀농의 즐거움을 나눈다.

오늘도 서울에서 살고 있는 승하어머니가 내가 살고 있는 이곳 용인까지 와서 우리를 태우고 충주를 향해 가고 있다.

하늘은 높고 푸르고 바람은 적당히 불어 춥지도 덥지도 않게 우리들의 충주 나들이를 한껏 고조시키고 있다.

우리가 탄 승용차는 가을 향기를 가르며 달리고 달려서 어느새 충주에 도착했다.

사방이 탁 트인 넓으나 넓은 공간에 아담하게 자리 잡은 유 서장 자택은 조용하고 공기가 맑아서 저절로 심호흡을 들이쉬게 된다.

우리가 도착하니 벌써 서울에서 많이들 와서 마당에 차가 가득했다.

주방에서 음식을 준비하다가 앞치마에 손을 닦으며 밝은 미소로 맞아주시는 사모님의 얼굴이 환하다.

앞마당에는 유 서장의 중동고등학교 동창생들이 색소폰 동호회를 조직하여 밴드와 함께 자리를 잡고 있어서 마치 축제의 분위기였다.

바깥마당에서는 바비큐로 고기를 굽는 냄새가 온 마을에 진동했다. 유 서장은 동네에 사는 이웃 분들도 모두 초청했다. 그야말로 귀농의 멋과 더불어 삶을 누리는 것 같아서 보기가 좋았다.

색소폰 반주에 맞춰서 동네 분들의 구성진 노래와 여자들의 춤 솜씨도 즐거움을 더했다.

뒤뜰 한 편에 채소밭을 일구어 놓고, 감자 고구마 상추 고추 쑥갓 그리고 가을 김장철을 대비해서 무 배추 알타리를 심어 놓고, 때마다 편하게 찬을 준비하여 밥상에 올린다 하니 얼마나 좋을까? 우선 싱싱한 채소를 먹으므로 몸도 마음도 건강해지는 것 같았다.

그 채소밭 너머로 과일나무가 줄서 있다. 앵두나무를 비롯해서 살구나무 복숭아나무 사과나무가 있어서 가족들의 간식거리도 되지만, 오시는 분들에게 조금씩 선물도 할 수 있는 기쁨이 있어서 전원생활의 멋이라고 생각했다.

빨갛게 익은 사과가 먹음직스러워서 한 입 베어 물었다. 작년 가을에도 사과를 보내주어서 맛있게 먹었던 생각이 났다.

한바탕 잔치가 끝나고 모두 돌아가야 할 시간이 되었다. 우리는 떡과 찰밥 편육 사과까지 또 한 상자 염치없이 얻었다.

해마다 한 번씩 초청해 주시는 유 서장 내외분께 감사하며 공기 좋고 물 좋은 이곳에서 백세시대에 맞추어 건강하게 사시기를 빌며 우리는 넘어가는 해를 보면서 집으로 향했다.

호박꽃

가을에 시골길을 가다 보면 여기 저기 누워 있는 늙은 호박은 귀밀스럽다. 우리는 어렸을 때, 호박꽃 중에 수꽃을 보면 따다가 소꿉장난도 하고, 아주 작은 호박이 달린 암꽃을 보면 호박꽃 속에 숨어있는 벌을 가두어 놓고 꽃을 오무려서 벌이 꼼짝 못하도록 해놓고 깔깔거리며 놀던 어린 시절의 추억도 있다. 호박은 우리의 식생활에 필요한 열매를 맺어주어 반찬으로 일조를 하고 있는 호박꽃이야말로 꽃 중의 꽃이라 할 수 있다.

호박꽃

사람들은 못 생긴 사람을 호박꽃에 비유한다.

꽃 중의 꽃 모란, 양귀비, 청순한 꽃 백합, 정열의 꽃 장미, 그 수많은 꽃이 있는데 꽃 중에 못 드는 것이 호박꽃이라고 한다.

그러나 호박꽃을 자세히 보면 소담하다. 탐스럽다.

호박꽃 대부분이 수꽃이기 때문에 실제로 호박을 생성하는 암꽃은 드물다고 한다. 그리고 호박은 약간 산성인 토양에서 자란다고 한다.

눈으로 보고 코로 향기를 맡아서 아름답다고 하는 꽃들은 으뜸일 수 있다. 그러나 예로부터 우리 서민들의 친근감 있는 꽃은 호박꽃이다. 호박은 비싸게 사서 심지 않고 시골에서 사는 사람들은 한해의 농사로 집집마다 고추나 배추, 상추, 가지, 오이와 같이 우리와 가장 가깝게 있는 먹거리다.

가을걷이 무렵에 막대기 하나 들고 호박 밭에 가서 이리저리 헤집다가 애호박 하나 따다가 된장 넣고 보글보글 끓이고, 나박나박 썰어서 호박나물도 해먹고, 집집마다 수월하게 반찬을 책임지는 중요한 소임을 맡고 있다.

가을에 시골길을 가다 보면 여기 저기 누워 있는 늙은 호박은 귀밀스럽다.

우리는 어렸을 때, 호박꽃 중에 수꽃을 보면 따다가 소꿉장난도 하고, 아주 작은 호박이 달린 암꽃을 보면 호박꽃 속에 숨어있는 벌을 가두어 놓고 꽃을 오무려서 벌이 꼼짝 못하도록 해놓고 깔깔거리며 놀던 어린 시절의 추억도 있다.

호박은 우리의 식생활에 필요한 열매를 맺어주어 반찬으로 일조를 하고 있는 호박꽃이야말로 꽃 중의 꽃이라 할 수 있다.

고향이 충청도 서산인 나는 해마다 늙은 호박으로 게국지를 담는다. 민물새우를 소금에 절였다가 가을에 늙은 호박과 배추 시래기를 넣고 고추희나리를 넣고 뚝배기에 담아 밥솥에 쪄 먹었던 기억이 난다.

고추희나리란 서리 오기 직전에 고춧대를 뽑아서 양지쪽에 널어 말리면 약이 오른 파란 고추가 불그레 익는다. 그것을 절구에 찧은 고춧가루를 말한다.

꽃게나 능젱이를 절였다가 그 간장과 늙은 호박으로 시래기를 절여 희나리 고춧가루를 넣고 쪄먹으면 그게 게를 넣었다 해서 게국지라 한다.

나는 올해도 어김없이 게국지를 담았다. 서산에 가서 돌게를 사다가 절구에 쪄서 늙은 호박과 우거지 새우젓을 넣은 호박 게국지는 맛이 일품이었다.

안 먹어본 사람은 어떤지 모르지만 우리는 고향의 음식이라 해마다 빼놓지 않고 해먹는다.

늙은 호박에 삶은 팥과 찹쌀가루를 넣고 호박죽도 끓여 먹는다.

호박꽃이야말로 꽃 중에 꽃이요 우리네 살림에 보탬이 되는 일등공신의 꽃이라고 나는 말하고 싶다.

기다려지는 장날

장날 아침 일찍 가면, 밭에서 금방 뜯어온 푸성귀와 달걀 등, 싱싱한 찬거리를 먼저 살 수 있는 기쁨이 있어서 즐겁다. 골목골목마다 집에서 정성들여 가꾼 채소, 은행, 도라지, 더덕, 갖가지 것을 가지고 나와 양지쪽에 앉아서 손수 파도 다듬고, 도라지 껍질도 벗기면서 팔곤 한다. 특히 집에서 기른 콩나물도 가지고 나오고, 두부도 해 가지고 와서 팔기 때문에 그것을 사려는 주부들로 장사진을 이룬다. 일찍 서둘러야 따끈따끈한 두부를 산다. 덤으로 비지도 얻어간다. 게으름 피다간 다 팔리기 마련이다.

기다려지는 장날

내가 어릴 때다. 시골에서 사는 나는 장날을 손꼽아 기다렸다.

닷새마다 장날이 오면 장사하는 사람이 아니래도 아침 일찍부터 서두른다.

장날 아침 일찍 가면, 밭에서 금방 뜯어온 푸성귀와 달걀 등, 싱싱한 찬거리를 먼저 살 수 있는 기쁨이 있어서 즐겁다.

골목골목마다 집에서 정성들여 가꾼 채소, 은행, 도라지, 더덕, 갖가지 것을 가지고 나와 양지쪽에 앉아서 손수 파도 다듬고, 도라지 껍질도 벗기면서 팔곤 한다.

특히 집에서 기른 콩나물도 가지고 나오고, 두부도 해 가지고 와서 팔기 때문에 그것을 사려는 주부들로 장사진을 이룬다. 일찍 서둘러야 따끈따끈한 두부를 산다. 덤으로 비지도 얻어간다. 게으름 피다간 다 팔리기 마련이다.

장에 가신 어머니가 오실 때쯤이면 눈깔사탕이라도 사오기를 바라는 마음에 우리들은 싸리문 쪽을 눈이 빠지게 바라보았던 생각을 하면 지금도 안타까운 마음이다.

가난한 시절이라 살 것도 많고, 할 것도 많은 집안 살림에 아이들 군것질까지 챙기기엔 너무도 어려운 시절이었다. 어쩌다 동네 친구어머니가 군것질을 사가지고 오는 것을 보면, 군침을 삼키며 한 입 얻어먹고 싶은 충동을 참아야 했던 것도 그 시절의 한 단면이었다.

장날이 오면, 거리마다 중간 상인들이 기다리고 있다가 시골에서 가지고 나오는 물건을 조금이라도 싸게 사서 이익을 붙여서 사 먹는 사람에게 파는 상인들이 있었다.

그들을 우리 고향에서는 '거드미' 라고 한다.

나는 재래시장을 자주 가다 보니 단골도 있었다. 지금은 고향을 떠난 지 오래지만 장에 가면 고향 사투리에 덤도 듬뿍 주는 정감 때문에 장보러 가는 일이 즐거웠다.

요즘은 재래시장도 옛날 같지 않고 예쁘게 단장을 하고 5일장 서는 곳이 줄어들고 있다.

어쩌다 고향이 그리울 때 서산에 가면 장에 들른다. 그 곳에 가면 먹고 싶은 생선을 사서 요리를 해 주는 집에 갖다 주면 맛있게 한상 차려준다. 고향의 맛이라 별미다.

그러나 간혹 마음에 안 드는 일이 있다.

언젠가 길에서 물건을 사려고 "이거 얼마예요?" 했더니, "5천원이에요" 하지를 않고, 손을 들어 뒤쪽을 향해 "저기서 5천원 준다고 했는데, 안 팔았어요" 했다. 내심 5천원 더 내라는 뜻이 아닌가? 하여 기분이 언짢았다. 그럴 땐 나도 충청도 태생이지만 그렇게 빤히 들여다 보이는 속셈이 싫었다.

재래시장에서도 잘못 사면 속는 수가 있다. 얼마 전에 깐 생땅콩을 샀는데 국산이냐고 물었더니, 집에서 가지고 왔다고 하길래 믿고 샀다. 집에 가서 볶았는데 껍질도 안 까지고 씁쓸하고 곰팡이까지 나서 버린 적이 있다.

그럼에도 불구하고 나는 가끔 정이 넘치는 재래시장이 그리울 때가 있으니 어쩌랴. 골목골목마다 할머니들의 용돈거리로 푸성귀를 사고 파는 정겨움이 있어 아직은 그래도 재래시장을 선호하며 산다.

내 친구 오의환

나는 그 예쁜 채송화를 따서 의환이하고 소꿉놀이를 했다. 의환이와 나는 싫증도 안 내고 매일 소꿉놀이를 했다. 왜 그렇게 재미가 있었는지…. 의환이와 나는 나이도 동갑이다. 의환이라는 이름이 얼핏 생각하면 남자 이름 같지만, 사실은 웃을 때 볼우물이 쏙 들어가는 귀여운 여자 친구다. 내 친구 의환이는 아버지 어머니 두 분이 다 우리 집에서 일을 했다. 의환이 어머니는 우리 집 안살림을 맡아서 하고, 의환이 아버지는 농사일과 바깥일을 맡아서 했다. 의환이는 나랑 한 집에서 놀기도 했지만 같이 학교도 다녔다. 밥도 같이 먹었다.

내 친구 오의환

내가 어렸을 때, 우리 집에는 또 다른 가족이 함께 살았다. 그 분들은 내 친구 의환이와 그 부모님이었다. 우리 집이 크고 넓어서 부리는 사람들이 있었다. 그리고 대문과 중문이 있었다. 그 중문 밖에 작은 화단이 있었는데 때가 되면 봉숭아 맨드라미 색색 꽃이 피었다. 그 중에도 특별히 채송화가 예쁘게 피었다.

나는 그 예쁜 채송화를 따서 의환이하고 소꿉놀이를 했다. 의환이와 나는 싫증도 안 내고 매일 소꿉놀이를 했다. 왜 그렇게 재미가 있었는지…. 의환이와 나는 나이도 동갑이다. 의환이라는 이름이 얼핏 생각하면 남자 이름 같지만, 사실은 웃을 때 볼우물이 쏙 들어가는 귀여운 여자 친구다. 내 친구 의환이는 아버지 어머니 두 분이 다 우리 집에서 일을 했다. 의환이 어머니는 우리 집 안살림을 맡아서 하고, 의환이 아버지는 농사일과 바깥일을 맡아서 했다.

의환이는 나랑 한 집에서 놀기도 했지만 같이 학교도 다녔다. 밥도 같이 먹었다. 의환이 어머니가 먼저 우리 집 가정부로 왔다. 의환이 아버지는 늦게까지 노총각으로 장가를 못 가고 있다가 우리 집에 왔다. 키도 작고, 얼굴도 살짝 곰보 자국이 있다.

의환이 어머니는 한 번 결혼을 했는데, 무엇 때문인지 소박을 맞고 우리 집에 왔다. 의환이 어머니는 마당에 작은 공간만 있어도 땅을 일구어 상추, 고추, 가지를 심어놓고, 가족들의 입맛을 돋우고 얌전한 솜씨에 말수도 적고 수수하고 살림도 깔끔하게 잘 한다고 했다.

그래서 의환이 아버지가 노총각으로 우리 집에서 일하면서 둘이 신랑 각시의 연을 맺어 의환이를 낳았다. 의환네는 우리 집 근처에 방 하나를 얻어놓고 잠만 자고 아침 일찍 눈만 뜨면 그 세 식구는 우리 집에 출근했다.

의환이와 나는 쌍둥이같이 붙어 다녔다. 의환이와 함께 초등학교를 다녔다. 그리고 나는 초등학교를 졸업하고 진학을 하기 위해 서울로 갔기 때문에 의환이하고 점점 멀어졌다.

그 뒤 소식에 의하면 의환이는 기술도 배우고, 일찍 시집을 가서 아이를 낳았다고 들었다. 무남독녀라 데릴사위로 제재소 다니는 남자와 결혼하였다고 들었다. 성실하게 일하면서 살아온 의환이네는 우리 부모에게 예쁨 받아서 우리 밭에 집을 짓고 부모님 모시고 잘 살고 있다고 들었다.

나도 고향을 떠나 시집을 가서 남편 따라 이곳 저곳 다니다 보니, 모든 소식이 끊어졌다. 사람은 눈에서 멀어지면 마음도 멀어진다는 말이 맞는 것 같다.

이제 팔십을 바라보는 나이에 이르니 의환이도 손자 손녀 다 보고 할머니로 늙어가고 있겠지?

어릴 때, 우리 집에서 나와 함께 살았던 의환이도 가끔은 나처럼 내 생각도 하고 있는지? 보고 싶다.

내 친구 최선녀

선녀는 내 말을 귀담아 들었다. 장래에 미용실 사장이 되어 보겠다는 큰 꿈을 안고 서울로 왔다. 그리고 당시 을지로4가 국도극장 뒤에 있는 미용학교에 들어갔다. 선녀는 열심히 미용기술을 배웠다. 나는 선녀가 잘하고 있는지, 또 적성에 맞는지, 걱정도 되고 궁금하기도 하여 가끔 시간을 내어 미용학교로 선녀를 찾아갔다. 가서 점심도 같이 먹고 이야기도 했다. 그 때마다 선녀는 아무런 불만이 없어 보였다. 얼마동안 소정의 교육과정을 마친 선녀는 미용학교를 졸업하고 근처에 있는 미용실에 취직을 했다. 그러는 동안 선녀의 집도 서울로 이사를 하게 되었다.

내 친구 최선녀

해가 서산에 걸리던 날, 노을이 아름다운 그때 우리 동네는 집집마다 굴뚝에서 저녁연기가 피어오르고 구수한 시래기 된장찌개 냄새가 온 동네를 풀풀 날렸다. 그렇게 정스런 우리 동네는 한때, 많은 사람들이 피난처로 모여들었다. 그 중에 우리 집 뒷산 울음산 아래의 움막에 옹진에서 피난 온 최선녀가 살았다.

방이 양쪽으로 있고 부엌이 가운데에 있다. 그 집에는 식구가 많았다. 아버지, 어머니, 오빠, 시집간 큰언니, 큰언니가 낳은 조카가 있고, 아버지가 밖에서 낳아서 데리고 온 동생, 그리고 선녀, 모두 일곱 식구다. 어머니와 오빠 언니는 쌀장사를 해서 돈을 벌고 선녀는 살림을 했다. 선녀는 나보다 한 살 많았다. 학교는 초등학교 5학년까지 다녔다고 했다. 얼굴도 예쁘고 일도 잘했다. 나는 선녀와 친구로 사귀면서 저녁이면 비좁게 사는 선녀를 불러 내 방에서 자게 했다. 저녁에 우리 집에 와서 나랑 자면서 책을 보게 했다.

내가 중 · 고등학교를 마치고 서울로 대학을 가면서 어느 날 밤에 선녀를 꼬드겼다. 너도 언제까지 집에서 그렇게 있지 말고 미용기술을 배우라고…, 하면서 희망과 꿈을 심어주었다. 다행히 선녀는 내 말을 귀담아 들었다. 장래에 미용실 사장이 되어 보겠다는 큰 꿈을 안고 서울로 왔다. 그리고 당시 을지로4가 국도극장 뒤에 있는 미용학교에 들어갔다. 선녀는 열심히 미용기술을 배웠다. 나는 선녀가 잘하고 있는지, 또 적성에 맞는지, 걱정도 되고 궁금하기도 하여 가끔 시간을 내어 미용학교로 선녀를 찾아갔다. 가서 점심도 같이 먹고 이야기도 했다. 그 때마다 선녀는 아무런 불만이 없어 보였다. 얼마동안 소정의 교육과정을 마친 선녀는 미용학교를 졸업하고 근처에 있는 미용실에 취직을 했다. 그러는 동안 선녀의 집도 서울로 이사를 하게 되었다. 비록 청계천에 있는 판자촌이지만 그곳에 방을 얻어 살게 되었다.

그런데 내가 대학교 졸업을 하고 결혼하느라 소식이 끊어지고 말았다. 나중에 들으니 어느 의사와 결혼하여 속초에서 산다는 소식을 들었을 뿐 지금껏 소식을 모르고 살고 있다. 보고 싶고 찾고 싶다.

우리 동네로 피난을 와서 만난 인연이지만 한 방에서 자면서 그 친구를 꼬드기던 일이 눈에 선하며 그래도 내가 그 때 참 잘했다고 생각된다. 그 친구도 가끔 나를 생각하고 있을까?

생전에 한 번 만나고 싶다.

김정자 제2수필집

물에 대하여

•

지은이 / 김정자
펴낸이 / 김정희
펴낸곳 / 지구문학

03140, 서울시 종로구 종로17길 12, 215호(뉴파고다 빌딩)
전화 / (02)764-9679
팩스 / (02)764-7082

등록 / 제1-A2301호(1998. 3. 19)

초판발행일 / 2017년 3월 10일

값 12,000원

E-mail/jigumunhak@hanmail.net

※잘못된 책은 바꿔드립니다.
※저자와의 협약으로 인지는 생략합니다.

ISBN 978-89-89240-39-6 03810